山 の 四 季

山之四季

［日］**高村光太郎** 著

王珏 译

云南出版集团

云南人民出版社

果麦文化 出品

－ 高村光太郎山居留影

－ 高村光太郎在墙壁上镂刻的"光"

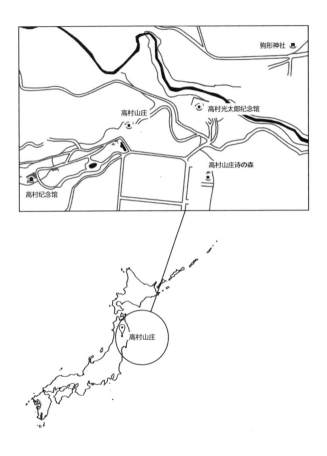

高村山庄

－ 高村山庄

目录

山之雪

我很喜欢雪。一到下雪的天气，我就从屋子里跑出来，感受白雪从头顶将我覆盖。这样的体验总让我感到由衷的快乐。

我住在岩手县的山中，这里位于日本北部，十一月开始就能看见下雪的景象了。到了十二月末，放眼望去，只能看见白茫茫的一片。我住的这一带，积雪最多只能达到一米；但小屋再往北，积雪便可以达到屋顶的高度；在一些洼地，积雪甚至深达胸部。

小屋在近山一带，离村子有四百多米。除了树林、原野和少许的田地以外，周围一户人家也没有。每到积雪的时节，四面都是白雪，连个人影也见不着。人声、脚步声，自然也是听不见的。不像下雨，下雪是没有声音的。每到这时，待在屋里，感受着悄然无声的世界，便觉得自己像聋了一般。尽管如此，偶尔还是能听见地炉里柴火毕剥的响声，以及水壶里热水沸腾的微弱声音。这样的日子将一直持续到三月。

雪积到一米深时，连走路都困难，自然也没有人来小屋做客。从日出到日落，我就坐在地炉边上，边烤火边吃饭，或是读书、工作。一个人待的时间太长了，我也想见见别的人。就算不是人类，只要是活着的生物，哪怕飞禽走兽都可以。

每到这时，啄木鸟的存在总让我感到愉悦。它们夏天不出现，秋冬却一直待在这一带。在小屋外不时啄啄柱子、木桩，或是堆积的木柴，以里面的小虫为食。啄木的声音很是响亮，不知疲倦似的，还带着一丝急切——简直就像客人的敲门声，让人不禁想要回应。有时本来在这边"咚咚"地忙活着，过一会儿却又听见翅膀扇动的声音——飞到别的柱子上去了。我正想问问这儿有没有虫子，它们就边叫着边飞走。在小屋前孜孜不倦地啄着栗子树树桩的，主要是绿啄木鸟和大斑啄木鸟。绿啄木鸟的头上带点儿红色；大斑啄木鸟有着红色的腹部，身披黑色羽毛，上面点缀着白色斑点。除了啄木鸟外，还有其他不知名的小鸟。它们总在清晨和傍晚的时候飞来，啄着屋檐下吊着的蔬菜种子和草籽。早晨我还睡着的时候，它们就开始在窗外忙活了，那振翅声近得仿佛就在我的枕边，让人不由得心生怜爱。被小鸟叫醒的我，一边揉着眼睛，一边从床上起来。秋天的时候总能看见的野鸡和山鸟，一下雪就不出来了；鸭子在远处的沼泽里游泳，只有它们的叫声清晰可闻。

非要说这附近还有什么生物的话，恐怕就是夜里造访的老鼠了。这里的老鼠要比普通的家鼠小一些，也不怕人，不知是鼩鼱[1]还是鼹鼠[2]。它们从遥远的雪地上赶来，在我的周围钻来钻去，专捡掉在榻榻米上的东西吃。我把

---

1 鼩鼱：鼹鼠目鼩鼱科状似老鼠的黑褐色小兽，体长约 7cm，夜间活动，用尖嘴捕食昆虫、蜘蛛等。——译者注（后同）

2 鼹鼠：鼠科小动物，体长约 7cm，灰黑色或灰褐色，栖于房屋及其四周的耕地中。

面包包在纸里，夹在胳肢窝下面，它们就连纸一起拽着走。我用手敲一敲榻榻米，它们就会吓得跳起来。然而，一转眼又回来抢面包。面对这么不怕人的老鼠，我也不忍心用老鼠药对付它们。这些老鼠只有晚上会来，早上就不知回到哪儿去了。

山里的动物总在夜间活动。早上起来就会发现，茫茫白雪上留着一串动物的足迹。最多的是野兔的脚印，这任谁都能立马辨认出来。在乡下待过的人大概会知道，兔子的脚印不同于其他的动物，形状非常有趣。前面横向排列着两个大的脚印，后面纵向排列着两个小的，看起来就像英文字母里的"T"一样。后面竖排着的两个小的是兔子的前脚，前面横排着的两个大的是后脚。兔子的后脚比前脚要大些，跑动的时候本来前脚在前，但轻轻一跳的时候，稍大些的后脚就挪到了前脚的前面。野兔的脚印在雪地上弯弯曲曲地伸展开来。这种足迹线有很多，到处都能看见，有时甚至在小屋外的水井边也能发现，因为它们会来吃井边的蔬果。

继兔子之后来的是狐狸。它们住在小屋后面的山里，一到晚上就往这边来了。狐狸的脚印和狗的不同。狗的脚印总是呈两列排列，而狐狸的却只有一列。狐狸走路的时候还会把积雪往后踢开，就像穿惯了高跟鞋走路的女人一样，总在一条直线上走。我本以为它们有四只脚，这样走起来大概会很困难，但它们却精于此道。狐狸还真是时髦呀！每当它们沐浴着夕阳走动的时候，毛发都会散发金色的光芒，伴着随风摆动的尾巴和雪白的腹部，真是十分漂亮。我还曾见过狐狸叼着鸟一类的东西在小屋前的田地上跑来跑去。它们一来，周围的鸦群就会骚动起来，并发出嘈杂的叫声，所以我立刻就能知道。另外，狐狸的牙齿非常有力。之前有户人家曾告诉我，上个秋天，他们家的羊刚死，夜里就被狐狸叼走了。

除了兔子和狐狸以外，黄鼠狼、老鼠和猫的脚印也各有特色。老鼠的脚印简直就像邮票的线孔一样，小且整齐。它们的足迹总是星星点点地连着，一直延伸到小屋的屋檐下。猫的脚印同样是两列，走路时也不会把雪往后踢开。黄鼠狼的脚印也是两列。

最有意思的是人的脚印。无论他们穿的是胶鞋、胶底袜，还是草鞋，由于每个人走路的姿势都不一样，凭足迹就能大概辨别出这是谁。无论你走路的步子是大还是小，步伐是蹒跚还是坚定，身体是习惯前倾还是后仰，我都能认出来。我的鞋子足足有12文[1]，村里再没有比我的鞋码更大的人了。因此，我的足迹也很好辨认。凭借胶鞋背面的纹路也可以认出人来。虽然人们走路的姿势各有优劣，但在雪地里，还是步幅小的人走起来更省力。两脚横向打开走路的人似乎是最费劲的，走路时喜欢把鞋子的后跟弯曲的人走起来似乎也不轻松。这是因为身体弯曲的人，心地也不会好到哪里去。我还曾见过一串很大的脚印，一开始以为是熊的足迹，大吃了一惊，后来才发现那是人穿着雪轮[2]走路留下的印迹。还有一种叫作"爪笼"的草鞋，也有同样的作用。在又深又软的雪上站着，脚就会陷进雪地里，因此，也有人对我说过，在雪地上站着而不走动，只是游泳就好了。但我是做不到的，无论如何也想不明白在

1 文：日式短布袜、鞋等的尺码单位，一文约为2.4cm。
2 雪轮：がんじき（梫・橇・橅・橇），穿在鞋子下面，在雪地上行走时为防止被深雪埋没的用具。

雪地上要怎么游泳。

我喜欢在雪中行走。一边走着，一边看着四面的光线映照下的雪，瑰丽无比。因为脚总会陷进雪地里，走起来非常吃力，有时我就坐在雪里休息一会儿。看着眼前绵延不绝的雪，有时候会发现雪呈五色或呈七色发着光。阳光从后面照过来的时候，无数闪耀着的雪花结晶折射着光线，就像光谱一样，发出细微的七色光芒，实在是非常漂亮。把广阔的原野埋起来的雪，就像沙漠里的沙子一样能制造出波纹。这波纹看起来就像真的一样，但根据光线明暗度的区别，颜色也各不相同。暗的地方呈蓝光，亮的地方呈橙光。我本以为雪只是白色的，原来竟有这么多颜色，真是让人吃惊！

最美的是夜里的雪。就算在夜间，雪也是明亮的，所以朦胧间总能看见点儿什么。夜间的雪像是一片白蒙蒙的烟雾，和白天全然不同。往广阔的雪景深处看去，简直就像童话世界一般。美则美矣，夜间的雪路走起来却十分危险。眼前一片光亮，无论往哪边看，都是一样的景象，让人完全找不着北。我就曾在小屋附近的雪地里迷过路。

虽然是每天都在走的路，但有时走着走着就发现好像走错了，不知不觉已经到了一个奇怪的地方。总算意识到走错路的时候，再折返回去，搜寻着小屋的方向，最终狼狈地回到家。

天气平静的日子尚且如此，暴风雪的时候就更不敢出门了。即使是白天，风大的话也能卷起大雪，让人连前面的两三间[1]都看不见。就像是被天然气包围的船，既不能走动，要是大风一刮，连呼吸也不能了。就算是去只有两三百米远的地方，也很可能会遇上危险。暴风雪的晚上，我就躲在小屋里，把地炉点上火，听着风的声音。风声就像海中的巨浪一般，穿过小屋的屋顶，朝着对面的原野奔去。我能听见风从后山远处过来的声音，每当它接近的时候，我还是觉得挺可怕的。尽管如此，因为小屋后面有这座小山，风总不至于撞上屋子，真是帮了大忙呢。如果没有这座山的话，我大概要被冬天猛烈的西风刮跑了吧。

雪在屋顶上积得很厚的话，重量也会增加。如果任

1　间：日式度量衡（尺贯法）中的长度单位，一间约为 6 尺。

其不管，到了近春时节，雨水一下，小屋就会因承受过多的重量而垮塌，所以我总会铲一两次雪。大概在圣诞过后会铲一次。爬上屋顶，用平坦的铲子把雪铲下去，窗前就会堆起一座小雪丘。我总会在新年立国旗，在方形的纸上用水彩颜料画上红色的圆，用糨糊把它粘在棍子的前端，再把棍子插在窗前的小雪丘上。全白的小雪丘上的红日漂亮且爽朗，天气放晴的时候会更加好看。

山之人

　　我在山里已经住了整整五年零二个月，也渐渐能分辨每个人的长相。认识的人变多了，相互间的来往自然也比从前多了起来。

　　因为我非常喜欢山里的生活，所以无论对这里的自然景观，还是住在这里的人，都有着难以言喻的亲切感。刚搬过来的时候，也不是没有过不习惯。那时，总觉得只有自己与这里格格不入，努力融入周围人群的自己仿佛变成了大家的负担。那是战争刚结束的时候，我们这类人被世人视为"疏散人群"，自己也有点这样觉得。"疏散人群"指的是那些居住的城市遭遇了战难，暂时转移到别的地方生活的人。等返回的准备工作做好了，再回到原来的地方居住。所以刚来山里的时候，我觉得村民们为我建的屋子只要能支撑两三年就够了。屋子很小，建得也比较粗糙，像是给登山者休息的山间小屋。最开始的时候，屋子的四周只用茅草束围着，屋顶也是草草用茅草堆起来的。因为太简陋了，我又恰好知道山林深处有一间废弃的矿山工棚，就准备把它搬过来做我的家。村民们知道以后，协力把工棚的柱子和横梁一根根扛在肩上，从约一里远的地方搬了过来，再把它们重新组装成原来的样子。我们又粉刷毛坯墙，把杉树皮盖在房顶上，在外面掘井——总算是建好了一间能住人的小屋。我一个素未谋面的疏散者，村民们也能这样齐心协力地帮助我，还对我说"村子会负责养活你的，就在这儿安心待着吧"。

　　总归是战后，食物十分短缺，连分配的米都很难拿到。在这样的时代里，我总担忧自己要怎么活下去。让我到这儿来的是分校的一位老师，他接纳了我的一切，而且为了不让我感到困扰，总对我照顾有加。给我准备了三张榻榻米，借给我被子，给我拿食物，把我引荐给村里的人——事事都热情地关照我。多亏了这些，我才能在来这儿的第一个寒冬里，好歹挨过严寒和大雪，活了下来。一个人坐在空荡荡的六平方米小屋中间，点起地炉的火，看着窗外积雪三尺的景色，便不由得想起了日莲上人[1]被流放到佐渡岛，在塚原的一间庵室里被雪掩埋的故事。

村里的人们知道我住在这里以后都很担心，总是踏雪来看我。有时带着米，有时带着萝卜、土豆，有时准备了许多咸菜，让小孩子带过来。孩子们说"先生，这个给您"的时候语速很快，一开始我总听不明白。

现在回想起那时发生的一切，以及那以后两三年间粮食短缺的日子，自己竟也能健健康康地过来了，一定是因为我生活在这样热情、温暖的一群人中间的缘故吧。

这个村子叫山口村，正如村名所说的那样，位于田野的尽头、山的入口处。从这往后便全是山了。北面是稍高的山口山，山上树木繁茂；西面是连绵的奥羽山脉，一山

---

1 日莲上人：镰仓时代的高僧，佛教日莲宗的开山祖。因批评幕府及别派被流放。

连着一山；东面和南面是广阔的旷野，一直延伸到远方的邻郡。这两片原野被称作清水野和后藤野，有河流经过。五年前，这里还是一片荒原，长满了芒草和杜鹃花。我们的村子在山口山前面，不到四十户的农家静静地沿山坐落。一户户看去，你会发现每一户都很宽敞，每家的建筑风格也很相似——长在十间以上，纵深在六间以上，拥有足以承受积雪的坚固构造。屋顶是用茅草葺成的，坡度很大。因为大家都向南而居，为了使西面的屋顶能够承受大风，将其修成了斜坡式，东面则建成了"人"字形。有的屋子会有凸出来的部分，从东面向北面呈直角弯曲，拐弯的部分是大家用来供马匹休息的马厩。人们把这种构造的屋子称作"南部L形房屋"。

芭蕉曾写过这样的俳句："宿在马厩中，蚤虱蚊闹人梦乡，马尿在枕旁。"恐怕就是他留宿在这种构造的农舍时写下的吧。总之人们对待牛和马就像对待家人一样，和它们同住在一个屋檐下。无论是哪里的房子，入口大多都设在马厩旁，那里有一块没铺地板的区域，它的左边是铺了地板的房门口，通常在这里都会有一个生着火的大地炉，家里人平时就聚集在这里。这间大屋子旁边也有一块没有铺地板的区域，这里有灶台和厨房。再往西边，又是一排相连的房间，隔墙是用带花纹的纸做成的。最里面的是客房。南边完全是空着的，从院子过来，沿着檐廊，无论从哪儿都能进屋，但我们一般在靠近客房的檐廊招呼客人们进来。客房很大，里面铺着榻榻米，房间尽头有很大的佛坛和壁龛。这里没有地炉，但是置备了火盆。要招待一百多位客人的时候，就把用花纹纸做的隔墙拆下来，使许多小房间连通成一个大房间，在那里招待他们。在农村，通常还在下雪的时候就会举办祈福仪式，会邀请表演者来跳插秧舞。这种活动也可以在这间大屋子里进行。虽然打谷子以外的农活是在别的仓库或是院子里做的，但晒烟草啦、捆扎啦，还有制作谷制品这些活儿还是在这间大屋子里进行。

　　本来住在这里的人们的主业就是制炭，农活做得少，只为了满足基本生活需求。近些年，稗子和粟米好像也变成经常吃的东西了，但饮食结构中稗子和大米大致还是一半一半。每年的这个时候人们还是会在水田里干活。新历十二月末的时候，会举行叫作"庭拂"的庆祝活动，代表着农忙阶段的结束。这以后大家就进到山林里，冬天专职在山里制炭。制炭的山每年都不同。每个人的任务分配好以后，就各自顾着自己的炭窑了。一般的炭窑大概能烧制出二十五到三十袋炭，也有人能一次烧制五六十袋。在山里砍树，把木材装进窑子里，再点上火，这样过上一周左右炭就做好了。把做好的炭装进草袋里，一次背三四袋运走，一天要这样来来回回好多次。我本来觉得可以用雪橇来运送这些成炭，但在山路上好像连雪橇也用不了。一想到制炭是件这么辛苦的事，我就觉得使用炭火的时候也不能马虎大意了。大家把运出来的成炭全放在一个叫"共同炭库"的仓库里，并让成炭在那里接受质量检查，再卖到镇上去。制炭好像确实是山里最挣钱的工作了。虽然大家也做了很多薪材卖到镇上，但因为最近几年伐木过度，现在反而又种起树来了。

可以说，山里的人们生活是相当不自由的。但正因为这种不自由的存在，才有了村民间互帮互助的习惯，反而让我觉得很有意思。比如，每年村里都会为一户人家修理或是重新盖茅草屋顶。决定了今年轮到哪家以后，一整村的人们就拿着工具到那户人家免费为他们修理。那家人则负责招待他们的饮食。像修路、建桥这种事，也是大伙儿一起做。遇到力所不能及的事，大家就相互帮助着共同解决——这些都是真实发生着的事。

山里的人们对生活总是很有信心，他们大多是真宗的信徒。村子正中央有一块供奉见真大师[1]的石碑，以前大家似乎每个月都要在那里集会并供奉经文。这里还存在着一种民间独有的信仰，到现在仍然奉行着。小孩一出生就要被母亲抱到高僧那里接受指引，并在佛坛前许下誓言。孩子长到五六岁的时候，还要在高僧的指导下进行严格的修行。不这样做的人就会被认为是不求上进的懒汉。也许正因有了这种约束，才形成了人们善良、热心、正直、懂礼的品质。如果在路上遇到了别人，无论对方是谁，都会跟他寒暄几句。从东京来看望我的朋友们，有时在路上遇见了村里的孩子，孩子们总会对他们恭敬地行礼，并道以

---

1 见真大师：即亲鸾，日本佛教净土真宗初祖。

"再见"。这总让我的朋友们感到惊讶。不知何故，在孩子们眼里，对外来者说"再见"似乎就是"你好"的意思。如果碰上的是大人，他们就会说"谢谢您"，最初我也不明白其中的缘由。村民们不喜欢杀生，所以既不抓野兔，也不捕鸟。一般只有职业猎人和镇上的狩猎者才会打野鸡。我的小屋附近就有很多野鸡和山鸟，但我也从没见村民们捕杀过。战争刚结束那会儿，抢军队仓库这种事儿也时有发生，但这里的人从不这样做。总之，这里的风气就是这样，人们不愿意做违背良心的事。

这里土地贫瘠，难以生长农作物，村民们就要比别的地方的人花更多力气耕耘。从夏天到秋天，大家都是早上天还没亮的时候就进山里割草了。在背篓里背着小山那么高的草回家，再吃早饭。这些草是牛和马的饲料。一年四季各有应时的农活，大家也都得心应手。春天是在水田上劳作的季节，从种烟草、马铃薯，还有除野草、插秧的时节开始，到了给萝卜播种的时候差不多就是盛夏了。之后是盂兰盆会。这里的人都习惯用旧历，这一点是永远不会改变的。这是由于从很早以前开始，每个季节该做的农活就已经根据阴历固定下来了。盂兰盆会期间大约有六天的农休时间。每到这时，村里的人们全都放下手里的农活，跳起盂兰盆舞。每个月的农休时间也是固定的，大概会有一天两天。那刚好是农忙告一段落的时候。大家整理好心情，全都开始休息。说到休息日或者是祭祀，年糕是必不可少的。这里的人都非常喜欢吃年糕，会做点红豆年糕、核桃饼之类的，做好以后一家人一起吃。我也经常收到村民们送的年糕。这边用来捣年糕的捣杵和东京的有所不同，像是月亮里的玉兔拿的棍子似的。四五个人拿着捣杵，一边吆喝着，一边交替着捣年糕。

过了盂兰盆会，渐渐就到收割的季节。按照顺序逐个收获，最后是割稻和脱谷。挖萝卜大约是在秋末春初，把洗干净的白萝卜晒成一片，那景色是很美的。在农村，腌菜是必不可少的食物。每到这个时节，大家总要做许多像蕨菜、胡瓜、长茄子这样的腌菜，作为接下来一年的储备。村里人还喜欢腌制一种叫作"银茸"的蘑菇。萝卜的话，当然就是做成萝卜干或者盐渍萝卜。这时候人们还会做些味噌。做味噌需要花很多工夫，常常让我感到惊讶。

从夏天到秋天的这段时间，人们起得都很早，劳作也十分辛苦，因此，午饭后的一小时，大家都用来睡午觉。每天的这个时候，无论去哪户人家，家里都没有一点人声。田野也睡着了，山也睡着了。这有点像南洋那边的午睡，对健康是大有助益的。

收获结束以后，就要开始割山野的杂草了。收拾过的山野就像是理过发一样，看着十分清爽。这以后不久，到了十一月末就要开始下雪了，也要捡些树枝来烧柴。每天，人们都背着很大一捆柴，多到要抬起头才能看见的程度。上至大人，下至小孩，都在劳动着。这项工作结束以后，一年的劳作就算结束了。人们会举行一种叫作"庭拂"的祭祀活动，表示今年农事的结束，到来年春天之前都要在雪中烧炭。

山里的人都既能唱歌又能跳舞。祭祀的时候大家聚在一起，打着太鼓，边唱边跳。《祭祀歌》是这种场合的正式曲目，大家齐唱完这首歌以后再唱别的歌。曲子的音调悠扬而高雅。阴历的正月十五那天，孩子们会成群聚在一起，一边跳着一种叫作"稼舞"的舞蹈，一边排成队绕着各户人家的房子行进。有时候还能收到农家送的年糕，这让他们兴奋不已。秋天的时候，小学会举行一年一度的学艺会，村里的青年男女将在那里进行各种才艺展示。

冬天的时候大多数小孩都喜欢滑雪，但大人们就不怎么参与这种活动。积雪将小屋覆盖时，孩子们喜欢过来这边滑雪，在后山的斜坡上玩耍然后回家。这个村子的人以前似乎十分擅长滑雪，还曾参加过全国滑雪大赛，但现在好像已经不怎么从事这项运动了。

山里的孩子们都很招人喜欢，他们既淳朴善良，又充满活力。我总觉得是不是要自然地养育孩子才能成为像他们一样。虽然他们衣着朴素，但我不怎么在意这些。孩子们经常在学校的操场里打棒球，所以脑子很机灵。棒球似乎是年轻人最喜欢的娱乐活动，在农休的时候也一定会打。有时，一记本垒打会让球飞到菜地里，然后就消失不见了，怎么也找不着，真是怪事。

四五年前，孩子们还不太注意卫生，那时像阴虱、蛔虫、皮肤病、沙眼这样的病总是很常见，但最近几年已经改善很多了。特别是开始使用DDT农药以后，农村已经不再有像"蚤虱蚊闹入梦乡"这样的烦恼了。农家的马厩也在大量使用这种杀虫剂。去年夏天，我家的小屋也暂时告别了苍蝇的骚扰，今年已经完全把它们消灭干净了。

　　人类的生活就像网眼一样一举铺开。如果对待文化也只是囫囵吞枣般地只对其中的一部分倾注全力，反而不太好。在这种古老而有历史底蕴的地方缓慢前行，反而不失为一种良策。

山之春

事实上，在三月山里的春天还没有来。春分时，小屋周围还堆满了雪。雪真正融化是在五月。寒冷似冰的空气之前还覆盖整个山头，一到五月就突然向北而去了。这时，地面开始急剧升温，日光也迅速活跃起来，两者都分秒必争地展现着山间春色。随后，一转眼就是夏天。东北的春天来得匆忙，苹果花、梅花、梨花和樱花这些代表着春天的植物，连排个队也等不及，一下子竞相开放，让人觉得简直像置身于童话剧的舞台一样。这是四月才会有的景象。三月，这些大自然的花朵还在树的嫩芽里沉睡，但无论哪家杂志的三月刊，都已经开始讨论起春天的话题了。确实，每年这个时候，上野公园那一带的彼岸樱的花蕾已经开始绽放了。日本的国土是南北延伸的，十分狭长，导致南北气候差异很大。一方面觉得这种景象挺奇怪的，另一方面又感到很有趣。北方的除雪车还在除着雪，南方的桃花已经在山间悠然盛开了。

虽然季节到来的时间有早有迟，但每个季节的物候都是严格遵循自然规律的，绝不会随意乱来。当天气渐渐转暖，屋顶突然挂上了许多冰柱。这些冰柱在极寒的天气里是不会出现的，到了初春时节才有，而且还相当硕大。冰柱不是严寒的象征，而是天气开始变暖的标志。虽然冰柱看上去会让人感到寒冷，但山里的人们每每看到它们，都不由感叹："啊！原来春天已经来了吗？"

冰柱出现的时候，覆盖着水田的积雪也会出现裂缝，沿着田埂渐次融化。积雪出现断层后，会形成一条雪的峡谷走廊。等雪层也融化，南面向阳处的枯草地就露出来了。紧随其后的是款冬，它们追随着日光的脚步，突然就从根部开始长出翠绿的花茎来。这边的人管款冬叫"八蒌"。在雪间的空地上发现冒出头的两三株八蒌时，我总感到由衷的高兴。尽管这种经历每年都有，但我仍是无法忘怀。八葵是富含维生素B和C的植物。我总是迫不及待地采摘它们，把褐色的苞片摘下来扔掉，就能看见内里翠绿柔软的嫩芽。它们十分圆润，聚集着山间的精气，且充满了生机。晚饭的时候，把八葵放在地炉的金属丝网上稍微烤一会儿，刷上味噌，再蘸点醋、滴上油，然后就着这微苦的味道吃下去，总觉得这样就能一口气把整个冬天缺乏的维生素都补上。有时摘多了，一时吃不完，就学着还在东京的时候妈妈做的那样，把它们做成佃煮[1]存放起来。据说这还能作为治疗咳痰的药，父亲以前总吃。

八葵是有雌雄之分的，这样的区别可以从花苞中花蕾的形状判断出来。晚春的时候，雌株长得又大又长，花籽上附着像蒲公英那样的毛，风一吹，就有无数的花籽在空中四散，飞舞起来。

吃八葵的时节，山里的赤杨上结满了金线花。尽管山里人管这种树叫"八束"，但它们的身姿其实非常漂亮。

---

1 佃煮：日式料理中的一种酱菜，用肉、贝、蔬菜等煮制而成，保存时间长。

纤细的树枝尾部结满了无数的金线花，花朵垂下来，可以散播花粉。雌花长得像一个小草袋，之后会结出矢车果实。人们通常把它们煮出汁，以用作木雕的染料。这个时候，地面上的积雪已比较薄了，小路可以通行，四处的风景也开始有了早春的味道。田边长出了许多千叶萱草的嫩芽，把它们用油稍微炒一下，再就着糖醋酱吃的话，是非常美味的。山里的人也把千叶萱草叫作"郭公"，他们常说，郭公一长出来郭公鸟也就来了，郭公鸟一来就要开始插秧了——虽然实际好像并非如此。每到这时，水边的山崖上就长满了一种叫"猩猩袴"的野草，上面开着红紫相间的花，很是漂亮。紫色的猪芽花也十分惹人怜爱。花朵周围掩映着厚实的叶子，一草一花在谷地上成群盛开，有时让人连落脚的地方都找不着，那场面十分壮观。猪芽花的根茎是我们所熟知的片栗粉的原料，但因为它们的根茎挖起来很麻烦，做起来要花很多工夫，所以现在白玉粉反而更为常用。

用作草药的黄连花开了，蜡梅树上也长出了黄色的木质小花。黄连和蜡梅还在开着，紫萁和蕨菜就像雨后春笋般冒了出来。紫萁要开得早些，像是戴着白丝帽似的，在山野南边陆陆续续地生长着。晒干的紫萁很有价值，但制作过程复杂。如果不到山林深处去，就很容易把它们晒成丝线一般细。蕨菜是山间的杂草，总是成片地生长，甚至让人来不及采摘。摘下来以后如果不把根部烧一下，很容易就会变硬。把它们一束束分开，然后放在温度适宜的热水里浸泡一晚，以去除苦味。浸泡完成后拿出来洗一洗，用水煮开后放凉，再用盐水浸泡，同时用镇石压着，以防它们浮到水面上。最后，再用盐水腌渍一次，经历夏秋，再过了正月，就可以吃到纯青色的盐渍蕨菜了，口感也是相当不错的。盛产蕨菜的时节，山里很容易起火，十分危险，这一点我将在其他文章里详述。

这以后不久，山里就能看见蜉蝣和春霞了。秋天傍晚，青色烟雾将山野整个覆盖的时候，景色十分绮丽，我们将那称作"八合之苍"。春天的晚霞要比这更明亮些，像是钻蓝色的莳箔在山间飘浮着。远方的山还是一片雪白，但附近矮一些的山上，就只有地表还残留着一点雪了。因为严寒而变得光秃秃的矛杉和松树，把山的轮廓也染成了深褐色。远远望去，山影重叠，春霞像是大和绘中的画境一般，将山麓晕染开来。不知为何，我觉得这时的群山像是摆在怀纸上刚出炉的、还冒着热气的面包。坐在荒原中的一棵枯树下，我一边凝视着这景色，一边想着"这块大面包看起来真好吃啊"。

初春的时候，村子来了许多黄莺，在各家的院子里不停鸣唱。初夏到秋天这段时间，它们就进山里来了。无论是在山间还是其他地方，到处都能听见这种鸟叫声，且有着一种让人敬畏的美感。尤其是黄莺渡谷时发出的叫声，格外美妙。春天的山鸟简直就像动物园里的一样，总是让人感到害怕。不知为何，小鸟出现的频率似乎会受到朝阳的影响。鸟的种类很多，有黄鹡鸰啦、黑背鹡鸰啦、知更鸟啦，还有琉璃鸟、灰雀、山雀、野鸽、云雀等等，实在不可胜数。在路边最常见的是黄道眉，从早上开始，就能听见它们不停叫着"提笔敬书"[1]。

---

1 黄道眉的叫声和日语里"一筆啓上仕候"的发音相近，意思是"敬启者"，为男子书信开头常用客套语之一。

地上长满了堇菜、蒲公英、笔头菜和蓟，要在小路上行走，就不得不踩坏堇菜那小巧可爱的花朵了。在这些植物的嫩叶之间，生长着一种人们很喜欢吃的野草，这里的人管它叫作"布叶"。长大以后的布叶，学名叫作"轮叶沙参"。把它的嫩叶煮熟，再拌上胡麻和核桃，味道十分可口。采摘时如果割断了茎或叶子，就会有白色乳液流出来，所以这种植物也被称作"乳草"。在小河边上，通常会长着乌头或水芭蕉之类的毒草，看着青翠欲滴、十分可口，但需要格外留心。我听说植物学家白井光太郎博士就在研究乌头的毒素时意外身亡。这个光太郎博士虽然已经十分小心，但还是一不留神就中毒身亡了。我觉得还是不要像法国国王那样，被毒蘑菇的美丽外表所连累为好。

写下这篇文章的时候，季节仍一刻不停地加速前行着。偶尔在路上遇到村里的青年男女，一个个都水灵灵的，像是刚睡醒似的。他们身上手工编织的毛衣看着也很轻巧。放眼望去已是遍地繁花：不同种类的杨柳科和壳斗科的花儿竞相开放，其中有好些都长得十分清奇，是否各自都凝聚着各自的匠心呢？这样一想，又觉得有点好笑。

山梨、辛夷、忍冬这些花，虽然都是白色的，但又白得各不相同。有种叫竺梨的淡红色小花开满了整个原野，似乎是水晶花的变种。映山红快发芽了，再过不久山樱也将盛开。仿佛是忽地一下子，从半山腰开始，将整座山都染成粉色。这时已经是三月春分了。小学里的染井吉野樱倒是一副不慌不忙的样子，要两三天才全部开放。苹果树和梨树上也都开满了花，呈现一片青白色。沿北上川南下的东北本线上，旅客可以从车窗里看见这洁白的苹果花，美得像是梦一样。

有一次复活节的时候，我住在意大利的一间古老的宿舍里。打开彩绘玻璃窗向外望去，是一片梨花海，即使在夜里，那白色也清晰可见。"若忆帕多瓦，旧日追忆在心头，满目唯梨花"。我一边摇着桌上的铃铛，一边品味着美酒，写下了这样的俳句。曾在那座古都里感受到的文化的厚重感，总有一天也会在这山里出现吧。那么无论如何，也该先从抓住20世纪后半叶的文化核心开始。到那时，这个地方也会逐渐发展出与此相适应的独特文化吧。

山之秋

山里的秋天从旧历的盂兰盆会时就开始了。

到了七月中旬的时候，已经听不到郭公和杜鹃鸟的叫声。不知从什么时候开始，夏天的气息也消失不见了。七月末，田地里的稻穗渐渐发芽了。培育稻穗的过程中，经常会出现一种令人害怕的虻。它们总是像云一般密集地成群出没，让人和马都备受折磨。人在进山之前，必须用布料把皮肤遮个严严实实，以防被虻蜇伤。马为了躲避虻的攻击，也会挣脱拴在树上的绳子，跑得远的时候都到小屋这边来了。时常有村里人来我这边找马，一边说着"我的马又不见了呢"。

稻穗快要发芽的时候，田圃的修整工作也就告一段落，再也不用辛苦地去除杂草了。这时正值旧历孟兰盆会的农休。这对于农户们来说，是一年当中不多有的欢乐时光之一。在此期间，吃年糕和祭祖是必不可少的习俗，在此之后就是跳孟兰盆舞了。村里的年轻人也很喜欢聚在一起打棒球。除此之外，农户们还要进行敬佛活动。在我居住的村子，人们每年轮流当值，请花卷镇光德寺的高僧到那户人家去，让村民们聚在一起诵经。诵完经后，大家把各自带来的食物摆出来一块儿吃，还要为佛像供上般若汤——就这样度过了十分愉快的一晚。高僧是从五里开外骑自行车飞驰而来的，稍微擦擦汗休息一会儿，趁着天还没黑，便开始在巨大的佛坛前诵经了。各户的村民们穿着类似环带袈裟的服装聚集在一起，十分和谐。诵经完毕后，在一间打通了的大房子里，把事先准备好的菜肴成排摆上，再按照本家、分家的顺序落座，酒宴就开始了。村里的年轻姑娘和大婶轮流为大家斟酒。时间差不多的时候，高僧就带着大家送的礼物，又骑车回到镇上去了。这之后，盛情的款待仍旧继续。敬酒时人们大多使用对方的商号或通称，如"田头先生""御隐居先生"等。一边高喊着别人的名字，一边用朱红色的大酒杯互相斟酒，实在是非常尽兴。

在距山口村约一里的地方，有一座叫昌欢寺的古老庙宇，盂兰盆舞就在那里举行。通往昌欢寺的路属于开拓村，虽然现在已是一条一望无际的康庄大道，但那里原本是一片长满了芒草和杜鹃花的广阔荒原。人们在这条路上一边跳着舞，一边不远千里地向昌欢寺行进。虽说现在已经是秋天了，但白天温度仍旧很高，所以我从没跟着去过。有时，行进的队伍也会来到山口村，在小学的操场上跳舞。村里人平时不怎么办像样的酒席，在盂兰盆节的时候倒是有很多，能让人把一年份的饱餐都吃个够。我也经常能从各户人家那里收到红豆年糕或是鲣鱼片这样的食物。那种白色的酒我也常喝。这种酒如果酿造得好的话，那美妙的口感简直无法用语言形容。甜味和酸味比例适当，柔中又带点韧劲。一个人坐在地炉旁，用茶碗静静地品味，简直没有比这更让人舒心的事了。就算酿坏了，味道也是很不错的。这次品的口感又酸又涩，酒劲也很大，一口喝下去，感觉腹中好像火辣辣地烧了起来。因为胃里还没停止发酵，嗝也打得很欢。尽管如此，大家仍旧十分热爱饮酒。千杯但求一醉，因此村里得胃溃疡的人也不在少数。胃溃疡的症状就是胃里开了许多小孔，每年因为这个病死去的人也有很多。然而，没有酒大家就没法干农活，清酒又太贵、难以负担，所以造成这种结果也是没有办法的事情。

农家的酒宴是一以贯之的。被邀请到别人家里做客，第一件事就是吃饭。坐在地炉旁，就着味噌汤和腌菜，大概吃一到两碗米饭。饭后，客人们一边抽烟，一边尽情闲聊。聊天持续的时间相当长，从进屋到闲聊结束，要耽搁三四个小时，这也是由于中间不断有新的客人到来的缘故。这以后不久，菜肴也准备就绪了，整齐地排放在桌子上。大家各自坐好，就像进行仪式般地开始互相斟酒了。场面渐渐变得混乱起来。有的人从位置上站了起来，拿着大酒壶和外黑内红的大木杯，在客人之间来回敬酒。在这时候，主人就从里间拿出一只巨大的太鼓表演起来。"咚"的一声鼓响，领唱人先起头——那是让他自己也倍感骄傲的歌声——然后大家一起合唱例行的《祝歌》。

《祝歌》尽管比较单调，但又好似暗藏格律，一共要唱五段，是相当长的一首歌。唱完这首以后，大家纷纷大声唱起自己拿手的歌来，一边用手打着节拍。打拍子的声音很响亮，我简直要怀疑这声音是不是已经传到了外面的山间，大概还能发出回声呢。在此期间，酒是必不可少的，那种白色的酒也是一杯接着一杯地喝。偶尔要是发现了不喝酒的人，主人家立马就上去劝酒了，用空出来的手强行摁着客人喝。这时，小姑娘啊、大婶啊，还有老奶奶，都从里间排成一列走出来开始跳舞了。跳的一般是福神舞这样的舞蹈。客人们也站起来跟跄着跳起了舞，也有在中途就累得一屁股坐在地上的。这边的规矩是，如果不喝个烂醉，就不算尽兴而归。幸好我的酒量还可以，喝到最后也还能勉强保持站立。终于以为可以回家的时候，刚走到门口穿好雨靴，主人家又拿着酒壶和酒杯追过来，兴高采烈地让我们再喝几杯。这叫作"临别前的款待"。主人家还会塞点特产，让我们带走。已经渐渐入夜了，走在田间小道上，还能听到从刚才那户人家传来喧哗的太鼓声、嘈杂的人声，似乎要将溪水流动的声音都全部掩盖。盛宴还要进行到什么时候，我也说不准。只是岩手这边的人似乎格外好客，就算像这样乱成一团，也绝不会有人真的打架动粗。嘴上吵两句倒是常有的事，但他们也不会像关东人那样一言不合就动起手来——至少这八年间，我从未见过这样的场面。

旧历盂兰盆节过了以后，山里一下子冷清了下来。草木大多停止生长，开始专心培育种子。地里的番茄、茄子、扁豆已经长成，红豆和大豆也都长大了；暑伏天种下的萝卜已经生根发芽，白菜、卷心菜也差不多开始结球；过了二次花期的土豆长得更大了些，周围还不断有小土豆长出来；南瓜、西瓜、金瓜等也都堂堂正正地露出了可爱的小脑袋。后山上，白色的野百合零星开放，十分惹人注目，等到它们开始散发芳香的时候，就该是栗子登场了。

从山麓直到一些海拔比较低的山上，东北方长着许多栗子树。虽然这种树木质坚硬，但长起来却很快。无论砍了多少，很快就又能长成一片森林。秋天的时候，树上结满了栗子，怎么摘都摘不完，而且十分美味。我的小屋坐落在山口村深处，被一片栗树林包围着。到了九月末的时候，就差不多得开始采摘栗子了。

白天的时候还有点热，但早晨的空气是很清爽的，甚至略有点寒意。早上，我一边呼吸着新鲜空气，从门口走出去，就能看见地上骨碌碌地滚动着掉下来的栗子。刚掉落不久的栗子色泽十分美丽，有种干净的感觉，特别是尾部那一溜分明的白色，简直就像还保持着生命一般。潮湿的地上四处散落着黑色和褐色的栗子，两种颜色互相交织，给人一种高雅的感受。开始捡栗子以后，发现目光所到之处全都是，连茂密的韭菜丛中、菊花的背阴面、芒草的根部都有栗子闪着光亮。我每天早上都能捡满满一箩筐，剩下捡不完的就放任不管了。捡的过程中也不断有栗子从树上掉落，砸在我的屋顶上，那声音出人意料地大。熊竹丛中也沙沙掉落了许多栗子，但掉在这种低矮灌木丛中的栗子隐藏得很好，几乎找不到它们的踪迹。

这山里的栗子大多是茅栗，果实较小，而屋子周围的栗子大小介于丹波栗和茅栗之间，吃起来刚刚好。我每天都要做栗子饭、煮栗子，或是用地炉烤栗子来吃。烤好以后，把埋在炉灰里的栗子拿出来，用湿纸包着，对着灯光，开始津津有味地吃起来。这总让我想起以前在巴黎街边吃到的烤栗子的味道。那时，摊贩总是"马龙薯！马龙薯！"[1]地大声叫卖着。我喜欢把热乎乎的三角形纸包装进口袋里，一边走一边吃。现在回想起来，那些场景简直如梦一般。我那时在法国，现在在岩手县，想到这里，喜悦之情总是溢于言表。

村里的孩子和大婶们也常常拿着篮子过来捡栗子。虽然山南面的山崖也掉落着捡都捡不完的栗子，但对于"哪里的栗子树结的栗子最好吃"这件事，村里人似乎也是有定论的。人们为了捡栗子，常常进到山林深处去。时不时碰上熊出没的痕迹，就飞也似的逃回来了。熊似乎喜欢在树杈上支起一个垫板，然后坐在那上面吃东西。

秋风渐渐转急，某个早上季节突然就变了。风从西山过来，猛烈地吹动着芒草，也带走了昨日白昼的暑热，天气一下子凉爽起来。宝石一般绮丽的东北之秋，每天都在延续着。天空是澄净的青蓝色，不时有鸟飞

1　マロンショウー：Marrons Chauds，法语中的"烤栗子"。

过。伯劳鸟一边叫着一边飞走了，红蜻蜓也成群结队地在低空飞行。一望无际的芒草原上，风一吹，白色的穗儿就像海浪一样发出沙沙的响声，这不禁让我联想到了瓦格纳的《黎恩济》那雄浑壮阔的乐章。芒草原中有着一条小路，路两旁开满了翠菊一类的小花，红紫相间，争奇斗艳。女郎花和男郎花也开了，它们要比寻常的植物高一些，有种鹤立鸡群的味道。不多久，紫色的桔梗花也开了，就像是少女忽然间睁开了那水汪汪的大眼睛。最后到来的是龙胆花，这种花矮胖矮胖的，在低矮处静静地吐露着它的花蕾。龙胆是一种生命力很强的植物，即使是在霜降的时节也仍旧顽强开放着。这个时节，孩子们最喜欢做的事就是漫山遍野地找野木瓜来吃。路边常常能见到吃剩下的木瓜皮，呈现着淡淡的紫色，很是好看。看到这些木瓜皮，我也能想象出孩子们吃木瓜时是有多么高兴了。如果说孩子们的最爱是野木瓜的话，那牛儿和马儿的最爱就非"胡枝子"莫属了。胡枝子是一种豆科植物，似乎非常受牲畜的欢迎。村里的人们为了给牛马准备饲料，经常上山去收割胡枝子。

每次都把筐装满，堆得像小山似的，再这样挑回家去。

山上的胡枝子长得很茂盛，我们这边的品种叫作"山萩"，略微带点红色。还有一种叫"宫城野萩"的品种，那红色就要深得多了。我曾把它们的根移植到我的小屋周围来栽种，一度长得很是茂盛。胡枝子实际上是种生命力很旺盛的野草，能够以落叶为肥料，从而不断生长。秋天正是胡枝子开花的季节，红色和白色的花朵次第绽放，实在是非常有韵味。牛和马最喜欢的是白花胡枝子。除了这些以外，秋天的山野里最引人注目的要数伞形花了。楤木和土当归的花序从巨大的花茎中抽离出来，灰白色的花朵在天空中如焰火一般盛放。其他高山植物属的花儿也都漫山遍野地盛开着。人要是一个不留神，可能就连路都走不了了。

为什么会走不了路呢？这是因为秋天蝮蛇常常出没。这种蛇在夏天倒还很老实，到了秋天就变得暴躁起来，总是主动发起攻击。有时蝮蛇本来盘踞在路边，人稍一走近，它们就迅速扑上来。似乎蛇蟠本来就是一种攻击状态。岩手这边的人也把蝮蛇称作"蝮"。我的屋子周围的树林就是蝮蛇的巢穴，因而我与它们相处得很融洽。蝮蛇喜群居，一般住在固定的巢穴里。每年它们都在同一片区域出现，绝不会随意乱跑。因此，我也从没为难过它们。村里人常常被蝮蛇咬，被咬的地方一般都会肿起来，需要两三周时间才能好。村里有位捕蛇能手，他用棍子前端将蛇的脖梗子紧紧按住，然后让蛇张开嘴，把它的牙拔掉，再从嘴部开始熟练地将蛇皮剥下来。蛇肉是纯白色的，这样直接烤来吃味道很不错，还可以配上烧酒。如果把活蛇拿到镇上去卖，一条可以卖好几百日元呢。在花卷站前面的广场的小摊儿上，无论何时都能见到卖焦蝮蛇的，这可不是假货。

虽说红叶是十月中旬的风景，但漆树和山漆的叶子在九月末就红了。分界线也染上了明亮的红色，在众多的绿树之间零星点缀着的红，非常引人注目。不多久，村子周围的群山也由上至下逐渐着色，满山一片浓墨重彩。混生林中的红叶要比枫树林的独一色更美。根据树种的不同，叶子的颜色也千变万化，有红色、茶色、褐色、淡黄、金色等，简直是大自然色彩调和的杰作！山口山是三角形的，在半山腰的位置生长着许多山毛榉和连香树，这些参天巨木总是散发着金色的光芒，让人不禁以为是见到了平安时代的佛画。不可思议的是，用油画反而无法以大胆的创作展现出日本秋色的这份浓厚美感。但如果是梅原龙三郎[1]的话，应该是可以做到的。红叶不仅仅包括树叶，树下的每一棵小草也都是大自然的宝贵财富。走在上面简直像是踩在织锦上一般。就连平常微不足道的蔓草，在此刻也染成了红色，还带了几分庄严的味道。中秋明月大约出现在十月上旬，月亮的位置非常显眼，人一仰头就能看见。北上山系山峦连绵，早池峰山南边的山海拔都比较低，从我的小屋附近可以看见月亮从这些山后升起的景色。一整晚，月亮就挂在南面的天空，并向秋田县的连绵群山方向移动着。天空非常澄澈，连一丝灰尘也见不到，因而月亮出来以后，天空很是明亮。泡澡的时候，浴缸里也盛满了月光；走到外边的原野上，身披银纱的芒草穗正如波浪般

---

1 梅原龙三郎：和高村光太郎同时代的绘画大师，风格洋和兼收，鲜明生动。

起伏着。这种时候睡觉的话就太可惜了。因此，我总是沐浴着皎洁的月光，在无人的山野里散步直到深夜。回到小屋后，我就切切西瓜、剥剥栗子、吃吃芋头。在这种美丽的夜晚，有一两次，我也曾邂逅过非常美丽的野狐。这以后不久，红叶开始慢慢掉落，月亮也由圆转缺，就该到蘑菇盛行的时节了。

最早长出来的是一种叫"网眼"的蘑菇。这种蘑菇看起来很像是没有折痕的伞上生了无数个小孔，就跟网眼一样，故而得名网眼蘑菇。小屋旁的赤杨树根上掉着许多落叶，这种蘑菇常常就藏在这些落叶之中。找到一朵网眼蘑菇以后，你就会发现它周围还生长着许多同伴。它们常常是成列生长，聚集在一起形成一片小小草原。网眼蘑菇虽然也可以直接拿来煮汤，但我们习惯用线把它们串起来，晒干以后再烹调。这种蘑菇虽然算不上好吃，但我们也不会把它们扔掉。在松林附近能见到乳菇，但品质上乘的松口蘑的话，在东北地区是见不着的。东北的松口蘑本来就产得少，在香气和味道上也赶不上京都产的。这边产得最多也最好吃的是蟹味菇。金蘑菇和银蘑菇都属于蟹味菇类，长得十分好看，味道也很不错。金蘑菇呈黄色，银蘑菇呈白色。它们跟香菇差不多大，一般藏在落叶中，在某片区域集中生长。村民们喜欢把蟹味菇做成盐渍蘑菇，以备正月做菜用。银蘑菇做的味噌汤真是山间极品。有种叫紫杯菌的蘑菇，是漂亮的深紫色，但却没什么味道。除此之外，像栗菇、臼菇、鸡油菌等也都是可食用的。滑菇的话，这山里是不产的。毒蘑菇也有很多。红菇是全身通红的，豹斑鹅膏菌上点缀着许多像星星一样的小白点——这两种都是十分危险的毒物。到了晚上，还会见到散发着磷光的月夜蘑菇。这种蘑菇跟香菇长得很像，常常被错认，但它带点轻微的臭味，伞面上的褶子也更为细小。到了晚上，长在树根一带的月夜蘑菇散发出微弱的光，让人毛骨悚然。赤褶菇和鬼笔鹅膏菌也都是能致命的剧毒之物。在众多蘑菇品种之中，最珍贵的是灰树花和香蕈。灰树常生长在深山里，有的非常巨大，甚至重达一贯[1]以上。在肥硕的身体上部，长着许多像老鼠腿一样的灰白色蘑菇。这种

---

1 贯：日本尺贯法中的重量单位，一贯合 3.75 公斤。

蘑菇香气浓郁，煮出来的汤汁深受厨师们的欢迎。有的猎户为了暂时维持生计，会专门到山里采灰树花，然后拿到镇上高价卖出。香蕈，村里人也管它叫"马贩子菇"。菇如其名，它们长得有点可怕，形状像是被刮翻的伞，呈黑色，身上也全是毛——无论怎么看都像马贩子。这种菇也长得也大，在镇上很受欢迎。香蕈晒干以后，香气四溢，可以用作高汤的原料；口感也不错，是值得一尝的食物。我曾比照着蘑菇的图鉴，把所有可食用的蘑菇都品尝过一遍，即使是村里人不吃的种类，我也完全可以接受。我还吃过绒盖牛肝菌和幼年期的"硬皮地星"。硬皮地星是一种成熟以后就会冒烟的蘑菇；绒盖牛肝菌体型较大，看起来有点笨拙，村里人都管它叫"夹心面包"。虽然长得确实有点像夹心面包，味道也不是很好，但这种蘑菇还是挺可爱的。

秋天的鸣虫是一言难尽的。一到晚上，无论什么虫子都在小屋周围鸣叫。只有纺织娘的叫声是听不到的，这可能是山里才有的虫子吧。和东京一样，蟋蟀在这里也是待得最久的虫子，直到下雪的时候还能听见它们在某处断断续续地鸣叫。它们的叫声仿佛在诉说着哀愁，又仿佛在歌颂着生命的顽强。

　　到了十月、十一月的时候，农户们就该准备收获了，每天虽然忙碌，但也过得快乐。最先收获的是稗子。稗子的穗似乎很容易溢出来，因而有特定的收割时间。从根部开始收割，十株为一束捆在一起，再将它们呈三角形排开。人们似乎把这称作"缟"。接下来收获的是谷子。谷穗是黄色的，非常饱满，一束束垂下来的样子很是好看。土豆已经被全部挖出来了，四季豆、红豆和大豆也都整齐地收割完毕。农民们把摘除了果实的大豆秆放在屋子下晾晒，以作为冬天重要的饲料储备。收获稻子的时节就好像打仗一般，要和天气竞争。每天全家都要出动，从早到晚，一刻都不得闲。人们先把割好的稻束反方向放在田埂上晾几天，再挂到正式的稻架上晒干。一般会在田间立一根较粗的棍子，既可以在高处把稻束捆成圆球，也可以在低处堆积。到了晚上，看上去就好像田间站着一个巨人似的。一般把圆木横向分成四段，再反方向紧密排列成一个架子的形状，就好像在路的两侧装上了稻穗的屏壁似的。

走在金色稻屏之间的路上，能闻到一阵强烈而独特的、让人垂涎欲滴的稻香，再联想到大部分的农事已经顺利终结了，总让人感到十分安心。我每每从镇上办完事回来都要路过这里，看着这些大小长短各不相同的稻穗，步行在这芬芳之中，我总感到由衷的愉悦。虽然稻穗的味道会根据品种而有所差异，但大体上都是让人近乎窒息的香甜，像是母亲怀里的味道。村子的尽头是一片林荫，那是我的小屋所在的地方。走到这附近，不知何时带着人气的稻香已消失了，现在所感受到的是从秋天的山里吹过来的凛冽山风。这山风非常清新，还带着臭氧的味道，我仿佛感觉到胸中满溢着大自然的芬芳。

花卷温泉

以花卷市为分岔点，电车在这里各自往东西方向穿行，就好像宫泽贤治先生的诗里所描写的那样，像是梦话一般可爱。东边的是花卷线，沿线有花卷温泉和台温泉；西边的是铅温泉线，沿线经过志户平、大泽以及铅的各处温泉，最终到达西铅温泉。

人们把东西沿线的温泉统称为花卷温泉。现今，新来的旅客们一到花卷站，就开着高档车，往目的地所在的温泉一溜烟儿地跑走了。到花卷的单程距离大概是半小时，到铅大约需要一小时，沿途都有便捷的火车，可以让旅客们充分体验当地特色。

铅线的第一站是因温泉泳池而闻名的志户平温泉。现在，这里已经是参加奥运会的游泳选手们的集训场所。这里即使下雪也能游泳，因此常常出现在杂志的卷首页。

第二站是大泽温泉，在丰泽川的两侧建有温泉旅馆。这里的风景比志户平还要美丽，居民大多淳朴，温泉的质量也很高。我也时常会到这片风水宝地待上几天。

从花卷站向西坐一小时的火车，就能到达位于第四站的铅温泉。铅温泉位于海拔较高的山里。现在已经有了除雪车，所以不用担心下雪的问题，但我以前去那儿的时候，一下雪列车就停运，真是十分麻烦。

铅温泉自很久以前就被人们誉为"名汤"。这里有一栋单独的楼，里面是一个巨大的澡盆，可以容纳许多人。从稍高点的地方往下看，泡汤的人们排成长列，简直就像是风干中的萝卜，十分壮观。

各个地方温泉的水大体上都是从别处引来的，而铅温泉则是从地下直接喷涌出来。泉眼底下有许多小石子，如果用脚搅动这些石子，就会冒出一串串的水泡。水泡紧贴着身体，随后又四处飞溅开来，十分有趣。据说这处温泉的药效也是极好的。

以前流行男女混浴，无论是平民百姓，还是当地的姑娘，或是城里来的客人，大家都一起泡澡。但渐渐地，警察总吵嚷着说"不把男女分开来的话是不行的"，就在形式上竖起了隔板。尽管如此，大家还是更充分地享受到了泡温泉的乐趣。

一开始男女双方是分开入浴的，但当地的姑娘们比男孩子还要大胆，一泡上汤就开始大声唱起歌来。这样一来，男孩也应和着起调，最终变成了男女轮流歌唱。一方唱歌的时候，另一方就起调子，双方都"咚咚"地敲着隔板，尽情喧闹，十分欢乐。

在这样的山中也能建起这么大的旅馆，还是钢筋水泥式的建筑，让我感到十分吃惊。

我还有个自己的习惯，就是去山里泡温泉的时候，特别是要住在这种高海拔的屋子里的话，一定会准备绳子。这样，一旦发生火灾，身边有绳子的话就能免于遭难。

距铅约一里的地方，就是终点站所在的西铅了。这里有着从河水中涌出的天然温泉，还有一座不知名的翻新别墅，也兼用作旅馆，西铅仅此一栋。大概是翻新过的缘故，这里的住宿费也非常便宜。

我得了肺炎之后，曾在这里住过十多天。这处翻新别墅似乎是明治初期的建筑，出自一位醉心建筑的匠人之手。这栋楼的构造之精妙，简直让我产生了将它列入文化遗产名单的愿望。浴室门口横放着一根用来造梁的栗木，用楔子支撑着，大家看到这么大的木头，都大吃一惊。即使装上拉门，也可以在门框上绘制许多花纹。我也在这儿画了许多素描。总之，只要能见着这栋建筑，我觉得就不枉来西铅这一趟了。

在西铅深处，坐落着一座名叫"丰泽"的村落。虽然有国道经过，但却人迹罕至，仍保留着茫茫草原一片的形态。村里的居民有着东京一带的人难以想象的淳朴性格，许多捕熊名人也出自这里。虽然人们管山里的猎人叫作"叉鬼"，但只要拜托他们的话，他们甚至能把熊的胃带来跟你一起吃。因为物资匮乏，最终只能就着浊米酒享用。要是税务署的工作人员一不留神抱怨了几句，猎人们就到他们那儿去敲诈勒索一番，把他们弄得半死不活。有人说，丰泽村就是税务署员的鬼门关，真是一点儿没错。

到了秋天，村里盛产品质上乘的蘑菇。像滑菇、伊野菇、马喰菇、毛钉菇这样的蘑菇，不到深山里去的话是见不着的。在丰泽，跟山鬼类似，也有因采蘑菇而出名的人。他们常常能采到之前所说的那种珍贵的蘑菇，然后拿到镇上高价卖出。对这些人来说，蘑菇生长的地点是绝对的机密，就算是一家人也不会告诉对方，更别说是我们这种毫无关系的人了。即使拜托他们指指路，他们也不过在途中告诉我一些毫无价值的蘑菇生长地，然后说声"在这儿分别吧"，就渐渐走远了。

往花卷线的方向只有两处温泉，分别是花卷温泉和再往东的台温泉。

本来花卷温泉就是一处人造温泉，建在海拔适中的群山之间。当时，花卷温泉所在的地方还是一片自然公园，宫泽贤治先生的父亲、时任岩手县殖产银行总裁的金田一国夫先生，以及其他五六人想在这儿建造一处人工温泉，就把台温泉的沸水用管道引到了这里。虽然从表面上看，位于花卷温泉周围的各家旅馆在一起互相竞争，但实际上它们都属于同一家公司。所以，各家旅馆间并不会有自相残杀的困扰。东北人，特别是花卷地区的人，很擅长这种经营方式。现在，这里已经超过盛冈，在全国名声大噪。

金田一先生是一位出生于花卷的伟大实业家，曾有过许多惊人的创举。他开通了由釜石市到花卷的轻便铁路；还设立制冰公司，开创了鲜鱼运输的新风潮。可以说，他为了花卷的发展，倾注了一生的心血。后来，发生了全国性的经济危机，金田一先生耿直的性格与当时的大臣不合，他的公司由于无法获得资金而破产了。花卷的居民也被逼入了穷途末路，因此十分憎恨金田一先生，使得他不得不远走海外。他的晚年仍在人们的憎恨中度过，最后孤苦伶仃地逝世于东京。尽管如此，我依然认为金田一先生为花卷所做的贡献，是应该被铭记的。

有趣的是，著名的诗人宫泽贤治先生也曾密切参与了花卷温泉的建设。

温泉还没建起来的时候，这里曾是一座自然公园。宫泽先生看中了这块地，常常建议他父亲把这儿买下来。父亲抱着点儿投机心理，一天天拖延下去，还在犹豫的时候，建温泉的事儿就被提上日程了。因此，他的父亲最终还是没能以个人名义买下这块地。尽管如此，还是能看出宫泽贤治先生是很有远见的。

在宫泽先生留下的笔记本中，记载着他将如何打造一座精美温泉的详细计划。比如说，为了使温泉里的花能在四季都开放，种什么样的花比较合适。再比如，在道路两旁种满樱花树，再像日比谷公园那样，种上许多不同种类的花。他还提出了建设植物园的构想，在里面种上有代表性的树，再饲养一些小鸟和兽类——诸此种种，都非常具有独创精神。

现在，温泉正中央的樱花大道已经成为这里的一处名胜，除此之外还有泳池、动物园、植物园、网球场、高尔夫球场，设施十分齐全——这些全部都源自宫泽先生的企划。

我前面说过，花卷的旅馆是一体化经营的，自然也就有个排位。水云阁在最里面，是这里最大的旅馆。别馆建在稍高的地方，是这儿最高级的旅馆，一般住在那里的都是皇族和大富豪。像我们这样的平民百姓也能去，建筑实在是非常气派。稍微往低点的地方，坐落着红叶馆、千秋阁、花盛馆等二三间旅馆。一般觉得水云阁的风格太刻板而不愿意去的客人，会选择留宿在这几间旅馆。

大道的两侧坐落着带温泉的出租别墅，经常能见到有夫妻一同出入。以前，这里的温泉水是从台温泉引流过来的，缺点就是不够热。现在换成了更粗的管道来引水，使得热水也能顺利流过来了。每处房屋大约都有三四个浴缸，可以容纳一整家子人。

花卷温泉的经营是由五六名公司要员负责的，大家头脑都很机灵，个个身怀绝技。比如说，原岩手县的游泳冠军，现在就在这里的泳池做指导。柔道和弓道也都以这样的状态在花卷蓬勃发展着。

就连对女佣的训练，管理者也很注重头脑的培养。年中的时候，这里会开办讲习会，向女佣们讲授这片土地古老的历史，或是让她们学习唱歌。如果我们提出请求的话，还能看到当地有名的狮子舞和插秧舞。

台温泉在很深处的地方，离花卷线的终点约有一里远。电车始发与到达的时候，都会有巴士停靠。

虽然这儿地方不大，但却并排建造着十多间温泉旅馆，艺伎屋也是随处可见。这里的温泉水很舒服，因此我偶尔也会来。但整晚总能听见弹奏三味线的"锵锵"声，让我很是伤脑筋。与此相对的是，此处的服务非常周到，即使是东京来的人，大概也会觉得宾至如归吧。如果在热海[1]有流行的东西，这边就马上模仿起来。虽然这里群山环绕，这种事儿却传得很快。

从前，我曾与草野心平先生一同到访过台这个地方。那个时候，我们的邻居总是很吵，要么在楼下唱歌，要么在对面跳舞，搅得我们一晚上都睡不好。我俩索性也开始对饮起来。店家知道我们两个人很能喝，就从账房叫了一位能把客人喝倒的强壮女佣，让她来和我们比赛。不一会儿，桌上就摆了几十个空空如也的酒瓶。这个时候我俩正喝到兴头上，如果还要继续喝的话，那可就不得了了。

但因为这酒非常好喝，就算是只用它来办一场宴会，大家也能十分尽兴。总而言之，我们陶醉在花卷的美景中，晚上就住在台，整日尽情冶游。

1 热海：位于伊豆半岛的游览胜地，为日本三大温泉之一。

说到去花卷旅游的时节，秋天当然是很好的；如果是冬天，还能享受滑雪的乐趣，当然也不错。但要我说，还是花开的时候去最妙。春夏时人很多，团体旅客总是蜂拥而至，这种高峰期还是避开的好。

　　当地的特产有馒头、小芥子人偶、烟斗，还有这里独有的瓷器。用花卷的土做成的碗等器具很是高雅，品质也属上乘。美食有山鸡、山鸟做的料理，还有奇奇怪怪的水果。旅馆的料理中，也有与价格完全不相符的美味。

　　除此之外，我还很喜欢这里的人，因为他们不像别的温泉景点的人那样爱起哄。水上和热海的人都十分能说会道，即使我自己口才不错，也总要被灌上那么一杯，这总让我不得不提高警惕。如果他们要到停车场拿什么东西过来，就等到待会儿再灌我酒。这种事在花卷是没有的。我与这里的人相处时总是从容不迫，对方也是有条不紊的，互相之间能够直言不讳地交谈。

　　花卷真是一处好温泉呀！

陆奥的音讯

（一）一九四九年十二月

从现在开始，我不时会把"陆奥的音讯"写作"昴"。因为住在这山里，对特别罕见的异事见得比较少，对社会动态了解得就更少了，自然就想写写身边发生的琐事。

"陆奥"指的是从奥州白河关往北的区域，正好在北纬39度10分到20分的这条线上。这样一看，岩手县稗贯郡这一带，正位于陆奥的正中央。从这儿往南约八里是水泽町，那里有座著名的纬度观测站。从那里看到的天体和从东京看到的是大不相同的。星座的高度十分显眼，北斗七星看着就像是覆盖在自己头上似的。可能因为山里的空气比较澄净，我们也能够清晰地看见夜空中的盛景。一等星简直大得让人有点害怕。抬头仰望着星座，比如冬天的猎户座、夏天的天蝎座，就好像正在近距离看着一个从天空中垂吊下来的，正熊熊燃烧着的物体似的。即使是像木星这样的行星，每当它们从地平线上缓缓出现时，我总感到十分惊讶，真的觉得和在东京看到的完全不一样，简直就是缩小版的月亮。行星的倒影映照在小屋前水田的水波中，四周就渐渐变得明亮起来。我感觉星光仿佛也洒在了我的心口。以前，人们把破晓时分的金星称作"虚空藏大人"，这种敬畏的心态似乎是自然而然就有的。有时候半夜起来解手，就忍不住一直凝望着遥远的夜空，连身上的寒冷也浑然不觉。就算只是为了看看这超乎自然的美丽景象，我也愿意一直在这山间小屋里住下去。能够尽情欣赏这无与伦比的美景，我总是满怀感激。就算我只剩下十年、二十年的寿命，只要我还活着，就想要享受这大自然带给我的喜悦。我认为，宫泽贤治先生之所以能够频繁地写下关于星星的诗篇，甚至创作出《银河铁道之夜》这样荒诞离奇的作品，绝不是凭空想象的，而是出于自己实际体验的真情流露。

我现在正一边咳着血，一边写下这些文字。我应该不是得了结核病（要是这样也说不定），而是支气管的某处毛细血管破裂了。虽然我平常不做什么力气活，但也总是勉强自己完成一些迫在眉睫的工作。因此，这七八年来我对咯血也早已司空见惯了。这血跟瘀血一个颜色，并不会马上出来，总要在身体里累积个一天左右。现在也是，我还伏在桌上完成两三天前就交给我的工作，要盖验讫章、确认原稿和封面设计，还有其他三四项较为紧急的工作。无论如何总能做完的。

（二）

我的身体情况渐渐好转了，因此，按照约定，我在一月十三日那天去了盛冈市。当天有一场名唤作"风速二十"的暴风雪，顶着暴雪，我还是下山去了。我去盛冈市是为了参加一场由县美术工艺学校举办的中小学教职工美术讲习会。当天，学校派了两位老师到山下来接我，还为我搬运行李，省了许多事儿，但因为有暴雪，旅途还是十分艰难。

县美术工艺学校是在前年建成的，当时多亏了现任县会议员桥本百八二画伯等几位先生的大力提倡和热心周旋。校长由美术史家森口多里先生担任，教员是几位土生土长的美术家。经过一段时间的发展，这所学校渐渐变成了一座出类拔萃的艺术学府，作为技艺修炼场所的地位也更加稳固了。我是推崇文化分散理念的，为了促进岩手县当地的文化发展，也想为这所学校贡献自己的一点力量，因而受邀来参加这场讲习会。

因为我很少下山，这次可能正好赶上这个机会，有很多人来找我谈话。住在这里的五天时间里，我被约谈了差不多有七次。最后一天举办了一场"吃猪头大会"，十分有意思。

有的地区崇尚粗粮，但我从很早以前开始，就希望他们能够更多地摄取营养价值高的食物。将来，人类肯定是通过合成食品来摄取所需的营养，但在那之前，我们还是需要捕获鸟兽鱼虾来供养自己。虽然很残忍，但不得不这样做。要进一步发展日本文化，首先就要从生理上的改革开始。因此，我们摄入了比以前更多的肉类和奶制品，想要积极锻造健康的体魄。但也有人说，这样大量地摄取肉食实在是太浪费了。一说到肉制品，很多人最先想到的就是瘦肉和鳍肉，但根据我的经验，肉制品中最有营养、最美味的，还是多数人都忽略的内脏。牛尾当然不必说，但像肝、肾、心、脑和其他内脏，也是非常珍贵的，可惜的是，它们连边角肉的一半价钱都卖不到（花卷这边内脏的价格是100勾[1] 70日元）。我不但专吃内脏，还会推荐给别人。盛冈有人了解我的这点嗜好，某天晚上，一群志趣相投的人举办了"吃猪头大会"的活动。与其说是吃猪头，倒不如说是一场北京菜的盛宴。一位叫滨田的先生当晚大显身手。他在北京待了二十多年，十分擅长中国菜。盛冈的文化界来了三十多人，大家一起聚餐，共同度过了愉快而难忘的一晚。

---

1 勾：日本尺贯法中的重量单位，1 勾 = 3.759 克。

盛冈最吸引我的，是从公园的展望台上看到的岩手山远景。关于岩手山，我在别处还会写道。

前面我提到的咯血的老毛病也是照例两三天就痊愈了。那以后，我又顽强而健康地生活着。

（三）

今年四月十九日到三十日，在盛冈市的川德画廊有智惠子小姐的剪纸画遗作展。这个展览是由岩手县的几个美术团体和新岩手日报社共同主办的，同时举办的还有岩手县独立美术展。剪纸画展有两位负责人，一位是画家深泽省三，另一位是雕刻家堀江赳。花卷医院院长佐藤隆房先生家里存有三百多张智惠子的剪纸画，这次展出的是由上述二人从中挑选的三十多张。这些画装裱在精致的画框中，在色调平和的画布上排成一列展出。我是四月初九到盛冈的，三十日的时候去看了画展。

久违地观赏到智惠子小姐的作品，令我十分感动。我是第一次看到在画布上排成一排的剪纸画，这与摆在膝盖上一枚一枚看的感觉是截然不同的。这种整体所带来的美让我目不转睛。把同一个人的三十多张剪纸画摆在一起，就会产生一种一体感。置身于其中的人就好像是走在森林之中，能够体会到某种光泽之美。

智惠子小姐的作品既有着造型上的华丽感，也有艺术上的健康感。对于细节的知性思考遍布作品的每一处，能够让人感受到一种全新的、仿佛从头开始的喜悦。从心中某处消然流露出的温暖和微笑，和作品结构上的严谨性很好地融合在了一起，简直浑然一体、一气呵成。

这些剪纸画皆是取材于日常生活中的所见所闻，应该属于写实派，但它们已然超越了抽象画派的范畴，全然不见朴素写实主义的幼稚感。色调和裁量比例十分均衡，一种微妙的知性美贯穿始终，没有一丝一毫不和谐的因素存在。作品还带有一种自由、本然、润泽、丰饶，偶尔还有点诙谐的味道。作品中有紫菜卷、装盘的刺身、莺饼、乌贼的脊柱和颌部、成簇的花朵、温室葡萄、小鸟和黄瓜、小鸟和蕨菜，还有药包等，全都栩栩如生。这些剪纸全是用彩色纸经过精细的剪裁，再贴到衬纸上做成的。智惠子剪纸用的是美甲用的那种小剪刀，前端是弯的，将一个个形象剪好后，再贴到一起组成一幅画。

还想提一句的是，以前岩手大学精神病科的三浦信之博士曾对我说过，这些作品中只有三张能被认定为精神异常者的作品。

（四）

今年冬天，我饱受肋间神经痛的困扰，现在一拿笔就会加重疼痛。我搬到这边已经五年了。五年里，我一直从事着繁重的田间劳作，而在此之前，我从未有过任何干农活的经验。除此之外，我还忍过了今年冬天非比寻常的严寒，以及战争结束后三四年间的恐怖食疗生活——现在看来，这应该叫作粗食生活，我简直怀疑自己当初是怎么熬过来的。我现在的身体状况应该是这些因素综合作用的结果吧。内分泌的某一项存在不足是肯定的，这也是一种老年病，是自然对达到一定岁数的人作出的生理上的警告。我想我今年还是尽力不做过重的农活为妙，还应当再好好修整一下我的小屋，以应对这恶劣自然环境中的威胁。另外，合理的饮食安排也是必要的。有一段时间我的症状渐渐减轻，于是我就打算让它自然痊愈。然而，不久之后它又卷土重来，特别是每逢季节交替的时候就会发作一次，让我感到十分困扰。杂志《心》那边的木村先生给我推荐了一款注射用的药，说是很管用，我就买了。总觉得终于能够把这病根除了，但村子里既没有医生，又没有保健护士，结果我只能自己给自己注射。

前面说的是这个病的间接原因，而直接原因则是去年晚些时候，我忙着给检印纸盖章，把身体搞垮了。我真希望像检印纸这种必须一张张贴在书上的东西赶紧被时代淘汰。到那时，贴了印纸的书籍也会成为昂贵的古董。但真的会有那么一天吗？我感到很怀疑。

除了上述的两个原因之外，我的病还有更深层次的原因，那就是精神上的苦痛。每个出生在东洋的现代人肯定都有这种心灵深处的悲伤。根据每个人生理结构的不同，还会相应地带来身体上的毛病。一呼吸就疼的肋间神经造成的痛苦，和一说话就疼的精神深处带来的痛苦，两者是相呼应的。只要这种精神上的痛苦还存在，即使治好了眼前的病，其他的毛病也会在今后的某一天冒出来。我已经做好了这种觉悟。

今天是三月二十八日，山上积着厚厚的雪。本来暂时缓和下来的严寒又卷土重来了。水田里的赤蛙今年刚好是从秋分周的第一天开始叫的，但今天却意外地安静。茫茫白雪中，只有啄木鸟还充满着活力。融化的雪水决堤似的涌到了路上，让只穿着短靴的访客们进退两难。从今年的情况来看，积雪完全融化大概要等到四月中旬了吧。积雪消失后就该播种嫩豌豆了，但在那之前，我的疼痛是否能够痊愈，我能不能拿得起铲子还是个问题。积雪中，只有葱顽强地长出了绿色的新叶。韭菜和大蒜也快要发芽了。我特别喜欢韭菜蛋花汤，所以也愿意再多等一会儿。今年由于积雪太多，井盖都被压坏了，我只好缩着脖子取水来洗脸。

七月一日

　　日出于东方，哪管横云遍天上，今日是晴日。今天的气温是二十三度。朝露繁盛，田间的土壤也是湿润的。我打算跟往常一样，把炉子生上火，就着火把饭盒里的剩饭蒸一蒸，再做一点味噌汤。我喜欢在汤里加水菜和鲱鱼干。水菜是一种山间长的野菜，我也是去年来了东北之后才第一次听说。它的本名似乎叫"伞花楼梯草"，在野菜中也是非常珍贵的。水菜一般生长在水源充沛的地方，比如山林深处的溪流边。这种植物长大之后也不过二尺来高，有着淡绿色的叶子和根茎，就跟它的名字一样水灵灵的。靠近根部的地方晕染着浅浅的红色，十分好看。水菜没有侧芽，而是单靠着一根茎独自生长，我们吃也是吃它的茎。无论是煮熟了蘸酱油吃，还是做成盐渍水菜，或是作为味噌汤的原材料，都十分美味。跟蕨菜相似，水菜也是滑滑的，口感却较为清爽，味道上也没有什么可挑剔的。水菜虽然会没什么味道，但它的茎部生来就挺拔，无论是煮多久，也不会像其他蔬菜那样变得软塌塌。岩手县这里的人很是珍视这种野菜，吃得也多。水菜生长在夏天。因为必须要在山林的深处才能采摘得到，所以大家一般都是买来吃的。如果在市场上买的话，应该相当昂贵吧。之前村里一位叫作"恭三"的农夫给我送过一点儿，此外我还收到过分校校长夫人送来的。水菜的润滑感和鲱鱼的油脂性可以很好地调和在一起。

趁着准备饭的时候，我一般会先到田里兜一圈，除除虫。一开始来的时候，我觉得虫子很恶心，但现在无论是什么虫，我都已经能够熟练地用手把它们捏死了。我也会顺便从田里摘点山东菜叶和田芹，蘸点盐就能随手做出一盘可口小菜。我一般在早上六点前做好早饭。黄莺和杜鹃在小屋周围叫成一片。杜鹃从天还没亮的时候就开始叫了，它们性子很急，一整天都"本尊没来吗？本尊没来吗？"[1]地叫个不停。如此不甘寂寞地求友的鸟也是很少见，这跟同样性急的蝉有点像。我还能听见远处传来的布谷鸟的叫声。小屋周围没有麻雀，取而代之的是鹡鸰。鹡鸰在饮食上很不讲究，连脏东西都会去啄。只有黄莺的叫声永远是优雅的，且具有很强的穿透力，能够把周围的其他声音都掩盖。它们的叫声还能够横渡山谷，在寂静的山岭间久久回响，余韵无穷。

1　杜鹃鸟叫声与日语发音"ホンゾンカケタカ"（本尊没来吗）类似。相当于中国古代把杜鹃叫声理解为"不如归"。

过年[1]

　　无论如何，新年前夜都是极为开心的，我甚至觉得要
比元旦当天还有意思。这大概是之前的愉悦还没有消失，
新的愉悦又涌上心头的缘故吧。祭祀前的宵宫[2]、圣诞节
的狂欢、靠近元旦的除夕夜，都是这样的感觉。我小时候
总觉得新年前夜的快乐是特别的，一年仅此一次，是别的
夜晚全然无法相比的。有心情烦闷的记忆，也有家里弥漫
着带味道的水汽的记忆，有大家忙作一团的记忆，也有礼
貌地寒暄的记忆，这些快乐的时光三言两语难以尽数。我

1　过年：日本明治维新后改庆祝农历新年为公历，即庆祝元旦。
2　宵宫：神社正式祭典前夜举行的祭祀活动。

小时候，街上的商铺大抵还是半年交一次租。每到年底这天，我家就跟往年一样，从早到晚都是人。商铺的二掌柜们带着账簿，打着灯笼，从我家后门进出，络绎不绝。厨房的灶台也已经装饰好了，柱子上高高的橱柜里供奉着的荒神像前也已经摆上了新的松枝和币帛。我们会用画笔在松枝上画出一条条白线，每一笔都要干净利落。不知为何，在松枝上画画的旧事总让我难以忘怀。大体上，母亲这一辈人都觉得荒神很灵验，对他的敬畏简直到了诚惶诚恐的地步。打开厨房的橱柜，就会发现有许多大盘子装着的炖菜和红豆馅。大人们说这是专门为新年准备的，小孩子不能碰。我还记得在各家店铺的二掌柜们进进出出的时候，有一位从二合半村推着车过来的农民，像往年一样，把捆成束的萝卜堆在我们家地板上，说这是一年里白送他们肥料的谢礼。一年中，只有新年前夜我们小孩是被允许通宵不睡的。以往每天都被早早赶上床，那一天却可以像大人们一样不睡觉，我们都很兴奋。因为元旦当天是不能打扫卫生的，所以在新年前夜，我会把玄关、通道以及庭院通通打扫一遍，再在门口挂上大灯笼。不久，一家名叫

"砂场"（不可思议的是，好多荞麦面馆都叫作"薮"或者"砂场"）的荞麦面馆就会提着好几层的饭盒送荞麦面过来。父母、兄弟姐妹和爷爷，大家会在一起吃荞麦面。对我来说，这和乐的场面是种无上的幸福。爷爷总说："大家能像这样聚在一起吃年夜面，真让人高兴！"

再过不久，一百零八声钟响就将从四面八方传来。我住在下谷仲御徒士镇的时候，总能听到浅草寺的钟声，等搬到谷中镇的时候听到的就是上野宽永寺的了。爷爷和弟弟妹妹们都已入睡，只有我和父母三人还坐在茶室的长方形火盆旁——这时已经是凌晨两点左右。世界仿佛安静了，秋风吹动窗户的响声显得分外清晰。煤油灯下，母亲把对半折好的流水账拿了出来，父亲也拿起算盘开始算这一年的账目。喝着福茶，父亲总会让我看看算账的结果，一边说着"只剩这么点儿了呀"。虽然大约只有五百到八百日元，但这对于还是孩子的我来说已经是笔巨款，所以每到这时，我总是深深感到父亲的可靠。我记得一年中的总支出是两千日元左右。大人们说明天晚点儿起床也没关系。我钻进了被窝，依旧是毫无睡意，一边想着诸如

"明天我要第一个到学校"这样的事情。在东京过年很少能见到下雪，即使到了十二月末也还一直是小阳春天气。

现在又是怎样一副光景呢？过年的时候是下着雪的。当年十二三岁的小孩，现在已经六十四了，人们对我的称呼也变成了"老翁"。我在东京的家被火烧了，作为疏散地的陆中花卷的家也被烧了。因此，我不得不过着长年空想的山林生活。今年，我住在岩手县稗贯郡太田村的山口部落，在一间方圆三百米都不见人烟的小屋中，迎接了新年的到来。去年的十一月十七日，我把被子搬到了这山间小屋，然后从那晚开始过上了独居生活。我的日记上写着去年十月末就下霜了（今年还没见着初霜）。十一月二十八日，一边出着太阳一边下起了雪，这也是去年的初雪。二十九日小屋里的水结冰了，这似乎也是去年的初次结冰。十二月二日是小雪，接连下了三天，到了第四天的时候，积雪已经相当厚，连萝卜也被冻上。那以后的三天天气也没有转好，每天都是下雨或者下雪，快连晴天也见不着。二十九日，细雪霏霏落下，村里的人们连出门都要用上滑雪板才可以了。

年底那天，村里来了个年轻人帮我铲除小屋屋顶上的积雪。小屋周围的防雪围栏也是村里的一群年轻人帮我用茅草搭建的。似乎是为了对抗强劲的西风，他们在小屋的西侧围满了雪栏，简直就像城墙一样壮观。村里人全都用旧历，所以在年底这天似乎没什么活动。我用树枝自己做了一个脚炉架，在上面铺上被褥，开始了我的被炉生活。然而，直到天亮之前，我都沉浸在初次过年的回忆中，一时间感慨万千。我一边思念着爷爷、父母，还有智惠子小姐，一边思考着发生在日本的巨大变化，对于自己过往的行为进行了深刻的检查。就这样，万里无云的晴空中迎来了新年的第一场日出。

开垦

　　我可不敢真夸口称自己做的这点儿小事是"开垦"，这也是有点悲哀的。从去年开始，我就在小屋周围挖了块巴掌大小的地，并在那里种上了土豆。今年，我又把菜地扩大了一倍，仍旧准备拿来种土豆。我还在外面占了三亩地，用来种植其他农作物。我的种植计划现在就只有这些了，因为不想勉强自己，所以今后也只打算做些适合自己的时间与体力的农活。如果为了拿出成果而逞能的话，在过度消耗了体能的同时，也会影响到我的文学创作，所以必须有一个明确的"度"。过度使用体力这件事，有的人觉得是非常有益的。要是放在农村的话，劳动和过度消耗体力就是画等号的，甚至于人们还有"如果不耗尽体力，就不能算是劳动""如果使用了便利的农业器具，就是逃避劳动"这样的想法，简直太荒谬了！我们当然应该在合理保持体力的前提下，去做一些必需的工作。一味地扩大计划，过度消耗身体机能，到最后却不知道自己为何而承受这些辛苦，从而变得绝望，想要毁灭一切。这样的例子不是很多吗，真是让人感到可惜！我始终认为，一开始做某件事时，还是在自己力所能及的范围内再减少一点工作量的为好。

基于这些理由，自去年冰雪融化之后，我就开始了我的开垦工作。虽然不怎么专业，却也乐在其中。说起来你们可能不信，就算这点程度的活，对于新手的我来说，也够可怕的。我的手掌上有着长年使用凿子留下的茧，自己对于体力活儿还是很有自信的，但凿子和耙子所留下的印记是不同的。仅仅是开垦种土豆的田地，就让我的右手上长了三个血疱。血疱破了以后，暂时看起来是痊愈了，但这时皮下组织已经开始化脓。最初只是有点痒，不久以后就会感到一阵阵的疼痛，大约一周都没法睡好觉。手腕上肿了一片，快要波及前臂，看上去十分吓人。我赶紧到花卷镇上让花卷医院的院长帮我看看，当天夜里他就为我的右手做了手术，把脓给引出来了。那以后差不多一个月，我每天都要到医院去换纱布，因而不得不借住在院长家。那时刚好是五六月，正是垄作、播种、施肥和栽培的重要阶段，由于我没在家，开垦田地的工作也大大推迟了。六月末我回到山里的时候，发现青豆、四季豆、土豆等作物总算是长成形了，但稗子的幼苗完全被杂草侵吞了。我的右手还不是很方便劳作，所以很难除尽已经蔓延开来的杂草。这样一来，我只能任凭其他作物也在杂草间生长着，实在是有点惨淡。

北上川以西的土壤呈强酸性，是众所周知的贫瘠地带。这我早先就知道，所以才萌生了搬到这边来住的想法。北上川以东是一片广阔的冲积平原，土壤十分肥沃，但我听说那边风气似乎不太好。农民的习惯是，种的蔬菜如果有剩余的，就把多出来的部分拿去卖掉。这样一来，人们自然就会觉得那边土地的风气不好了。我住的这一带由于土地贫瘠，连自给自足都不能保证，几乎没人过来采购农产品。因此，农民们也都还老老实实地保持着勤勉、果敢的性情。事实上，太田村山口的居民性格都很好，过着与世无争的生活，当真是世间少有。但相应的，这里的土壤也是强酸性的。为了解决这一问题，我通常会使用碳酸钙。碳酸钙是宫泽贤治先生还在世时，东北碎石公司的产品，属于石灰一类。宫泽先生本人也曾为这款产品的销量而四处奔走。如今，碳酸钙的功用逐渐广为人知，在东磐井郡的长坂村附近也有了接班生产的公司。碳酸钙被简称为"碳钙"，在市面上广泛流传着。我经宫泽家之手，为村子配给到了一车分量的碳酸钙，并把它们一点点分给了各家各户。多亏了这东西，村里的菠菜总算是长起来了，大豆、红豆等作物也生长得很好。

去年大旱，村里好几户人家的水井都枯竭了，田地里的萝卜也因为缺水而双叶枯萎。红豆也闹革命，收成很是不景气。倒是我的地里还有点湿润，红豆、茄子、芋头、番茄都长得不错。红豆收获得比想象中还要多，茄子和番茄的表现也令人瞩目，一直到霜降前都还在继续结果。

我在新开垦的田地和旱地里都种了土豆。新田里的土豆收成要好些，味道也更可口；种在旱地里的表皮有点粗糙。我打算今年再接再厉，争取能够增产。这边的土壤底部是黏土层，所以白萝卜和胡萝卜不能尽情伸展，一般是长成两股，或者呈钩状弯曲。也有一个劲儿冲上长的，每每见到这种，总让我感到惊讶。我也试着种过南瓜和西瓜，但却不尽如人意。黄瓜长得很好，我每天早上都把江户前的节成黄瓜摘下来，就着味噌和盐吃，或是做成米糠酱腌菜。种地的农户总要做大量的盐渍黄瓜，以备一年的需求。我从今年刚去世的水野叶舟先生那里拿到的田口菜、塌棵菜、日野菜和芥菜种子，现在也都茁壮成长着。

太田村附近有一片叫"清水野"的广阔原野。去年开始，有一群四十户人家左右的先锋队来这里开发，现在已经热火朝天地建设起了家园。我私心希望来的是从事乳畜业的农民，最好能带来一些乳制品、棉毛织物，再传授一下他们的草木染色法。

早春的山花

今年的雪比往年都融化得早，春天也来得猝不及防。往年三月春分的时候雪还很厚，甚至还会再积上新雪，全然是一幅冬天的景象；然而今年这时候，屋顶的积雪已经完全融化了，旱地也露出了些许黑色的肌理。小屋前的水田受到积雪融化的影响，涨满了水；渐渐地，还能听见赤蛙那清澈动人的蛙鸣。

积雪从水边开始融化，最先生长的就是忍冬的花茎了。根据日记中的记录，我在去年三月初六的时候发现了三支花茎，万分欣喜；而今年的二月十五，我就已经采摘了第一支忍冬花茎，三月九日的时候，已经把十几个用来做佃煮了。这边的人把忍冬花茎叫作"八葵"，表示"看见了八葵，就意味着终于能从十二月以来的长冬蛰居中解放了"。虽然八葵的味道中有种清新的微苦，但从中也能感受到它那顽强的生命力。忍冬花茎其实就是忍冬的花蕾。圆圆的花蕊被花苞包着，有种别致的感觉；它那从一堆枯草丛中猛地钻出来的样子，也让我觉得特别可爱。

八葵快发芽的时候，赤杨那金线一般的花已经垂下来了。这种金线花开得相当早，明明昨天看还什么都没有，某天早上起来，突然就发现枯枝梢上已经垂着两寸长的金线了。这总让我惊讶不已。

今年，我还在小屋门口的雪界石下发现了黄连。虽然叶子还没长出来，但我可以确定那就是菊叶黄连。淡粉色的花茎拔地而起，约有二寸五分长，上面长着三朵白色小花，每朵花有五片花瓣，十分惹人怜爱。雄蕊呈黄色，数量很多，但因为这种花是雌雄异株，花粉需要找寻伴侣，所以它们只能听凭风的指引，不知将要去往何处。大自然的意旨总归是无法预测的。

银柳花大概快开了，树林中巨大的辛夷也将开成一片雪白。现在，山中的早春满溢着一股清冽的味道。

季节的严酷

　　一人独居在植物繁茂的地方，就很容易被它们所散发出来的强烈生命力所征服。在岩手县的山中，积雪完全消失是在五月。忍冬花茎是最先长出来的，雪还没融化就能见着它们的影子。与此同时，赤杨花也从枯枝上垂吊下来。再过不久，千叶萱草的嫩芽也将从它那尖尖的小脑袋里冒出来。从中旬到下旬，是草木生长最快的时候。两三天不出门，就会发现外面全然变了一番景象。山樱、映山红、山梨、竹梨竞相开放，柳树长出了嫩绿的枝条，紫藤也展现出勃勃生机。在乔木的树杈处，有种不起眼的小花开成了一片。实际上，自然变化的速度是很快的。六月的时候，夏天便已然呈现出一副严阵以待的姿态。

最值得一提的是青色的芒草，它们一束束地整齐排列着，简直就像是事先安排好的一样。随后，突然之间它们就长得比人还要高了。

七月的土用[1]是植物生长最好的时机。所有的植物都仿佛瞄准了初春到夏季的土用这段时间，凝神屏息，一口气蹿上来。每到这时，山中的绿色植物所散发出的那种强烈的生命力，就像是熊熊燃烧的火焰，那气势简直能把人和动物都盖过去。

这片绿色世界到了八月旧盆节的时候，突然间就变了样子。原来那声嘶力竭般的气势霎时就消退了。特别是像南瓜这种栽培性植物，在土用之前还一副要一较高下的样子，一过土用就蔫了，只等待着最后的成熟。山野间不知为何突然就安静了下来。不同季节中植物的生长规律简直严苛到了让人害怕的地步，植物们总在争取着每一天，甚至每一刻。住在这山里，亲眼所见这四季的更替，我才真正体会到了一年三百六十五天的真意。

---

1 土用：夏季入伏前的十八天。

不知寂寞的孤独

　　——给某夫人的回信

　　我刚读完《妇人朝日》杂志编辑部寄来的您的书信。今天晚上室内温度已达到零下三度，并不是很冷。晚饭的时候，我在地炉上支起了被炉架，再在那上面撑起一张小桌子，现在就借着这张桌子给您回信。

　　您在信中把原情的原委说明得很清楚，读了您的来信之后，我发现您和我竟是在差不多同一时间，从东京来到这偏僻的小山村的。这真是一段奇妙的缘分，我也感到十分震惊。我比您还要晚来五个月，是在那年的十月中旬搬到现在住的地方来的。那时候您应该已经下定决心要回东京了吧。我在东京的住处被烧毁之后，在当年的五月中旬搬到了花卷镇上，住在已故的宫泽贤治先生家里，受到了他们的诸多照顾。八月十日的花卷轰炸发生后，宫泽先生的家也被全部烧毁，我又在原花卷中学校长和花卷医院院长的家里分别叨扰了约一个月。在那期间，多亏有太田村字山口分校主任佐藤胜治先生为我多方斡旋，我才得以搬到了这个村子来。部落里的有志者们又一同为我建造了这座小屋，于是，我便在十月中旬搬了过来。这里位置极佳，离分校大约有三条街的距离。北面环山，西面是一片稀疏的树林，南面和东面是一片开阔的平原。附近还有地下水涌出。村里人为我挖了口井，井水是过滤了褐煤层的，水质非常澄澈。

十月末左右，就在您带着孩子们到山口村附近游玩的时候，我正好也去了一趟昌欢寺拜访。昌欢寺的佛堂里堆着许多桌子和杂具。我虽然注意到了这附近有许多战后被集体疏散的学生，但做梦也没想到像您这样东京来的人也会住在这边。如果那时能有幸见到您，也许就能向您请教一些更为详细的事，大概也更能体会到那时一些微妙的情绪了。尽管如此，只是像这样通过书信的方式，也还是能够互诉衷肠的。

太田村这个地方，是稗贯郡的诸多村落中最为偏僻的。这里的土壤呈酸性，十分贫瘠，农户们种的粮食只能维持基本的自给自足，文化也和都市相差很远。太田村是出了名的物资匮乏，连外出采购的人都不愿意到我们这儿来。位于北上川东部冲积平原的矢泽村，每年生产的农作物都有富余，还能用它们换许多钱。像这样的生活，太田村是想也不敢想的。人们世世代代生活在这里，夏天只能在水田和满是小石子的旱地里劳作，冬天就上山烧炭砍柴，几乎是过着原始人般的生活。就像我之前在信中所写的那样，这里的农户们自然而然就被人家说是过着不卫生、无知、狭隘的生活，从事着像牛马般的劳作，这也是没有办法的事。但与此相对的，如果不是在这样的地方，我也无法见识到村民们有趣的一面。比如这里的人大多非常直率，近乎到了不讲礼的地步，类似的方面，我在许多场合也都能自然地感受到。而一般情况下，疏散者们似乎是无论如何也感受不到这些乐趣的。习惯了都市的思维方式的人们来到这里以后，因为想要和村民们融合在一块儿，越是焦虑，反而和村民们的距离越来越远，觉得自己变得不自然，变成了别人的负担，为这种丢脸的想法而整日烦忧——就像我在信中写道的那样——每天不停地发出"凡人"的叹息。

说起来，您之前在信中问我，为什么在这样的环境中还能心平气和地生活，而丝毫不觉得孤独。我也常被人问到同样的问题。我认为这跟当事人的境遇有很大关系。我也就是一介无名游魂，不论待在哪里，只要做好我在那里能做的事，完成我应尽的责任就好。之后就只能顺应天命，独自死去，然后万事休矣。我过的就是这样孤独的生活。没有父母，也没有妻儿。这样的人在别人眼中也许是万分孤单，但在当事人看来，反而感受不到这种孤单的烦恼。生而为人，无论是在人群中，还是在父母亲戚之间，都会感受到一种无穷无尽的孤独，这是不可避免的。这就另当别论了。而我们通常所说的孤独，大多都是在与人交往的过程中，由某种不满、不安变化而来。我在这里所做的任何事，都是顺其自然，一点儿也不觉得孤独。而像"凡人"这样的困扰，我也只把它当作是理所应当的事，心平气和地接受。我对村里的人是全心全意地信任，在这一点上我从来没有迟疑过。这一定跟分校主任这样一位好的中介人有着很大关系。我敬爱村里的长老，也爱护村里的年轻人。自己不懂的事就向村里人请教；每每学到新的知识，一有机会就向村里人转达。我从来没想过要指导他们，我认为比起指导，浸润是更为自然且重要的事。您可能会觉得有些不可思议，但我已经有了在这里长住下去的打算。虽然我现在像牛一样迟钝，但我总想着，十年以后会不会有稍许的改变呢？将来的事先不提，我现在住在这里，每一天都感觉充满了活力。这与广阔的自然之美是分不开的。这里的山水虽然称不上是绝景，但自然的要素全都鲜活、强烈而积极，即使每天都在欣赏，也不会感到厌倦。这里不仅有着夜空中大而明亮的星辰、清水野上广阔的平原、山口山间繁茂的树木、边境上起伏的群山、早池峰山高耸入云的山峰，还有着路旁的八葵、郭公、山鸡、蕨菜、紫萁和其他四季生长的花草，更有树木结的果实、菌类、小鸟和冬天的野兽。这些景象都让我叹为观止。

　　信快写完了，以上的内容就当是给您的回信吧。写这封信的时候，净手处结冰的水正发出"乒乒"的响声。

夏日食事

　　我本来就不擅长应付夏天的炎热，面对今年的酷暑，简直要举白旗投降了。据说今年夏天是东北地区三十多年以来最热的一次，因此，无论是水稻作物还是旱地作物都生得特别好。但就我自己而言，简直要比烈日下动物园里的白熊还难受。去年夏天，我因为修整田地和除草而饱受烈日的暴晒，最终发起了四十度的高烧，四五天卧床不起。在那期间，我给村里人添了许多麻烦，还让他们照顾我的饮食起居，感到十分过意不去。今年，考虑到自己无法承受这般炎热的天气，我索性决定牺牲我的田地。自七月的土用以来，草也不除了，肥也不施了，完全任其自生自灭。这样一来，健康方面倒是勉强能维持，但田地的状况简直惨不忍睹，都快要退化成原始状态了。番茄大多枯死，黄瓜大得像怪物一般，四季豆的底叶变成了红色，葱被埋在了杂草堆中，只有卷心菜还能稍微成形。自己虽说是维持了健康，但也只不过是不用卧床而已。由于难以承受这夏日酷暑，我还是瘦了许多。刮胡子的时候看着镜子里的自己，脸颊已然完全凹陷了，脖子上的青筋十分突出，这副样子真是不忍直视。

夏天的时候我总是食欲不振，二合[1]的白米饭我用上一天也吃不完。因为政府每天发放的量是二合三勺，如果吃不完就会招来很多虫子，所以我总是把多余的分给村里的孩子们。我吃面要比吃米多些，每次如果碰上发放的是面类，就正合我的心意了。但如果是冷面或是挂面，因为很难与营养价值高的配菜一起食用，长此以往就容易偏食。

夏天的时候，我一天大概勉强能吃下两顿饭。晚饭这一顿，我会用饭盒打约一合五勺米来煮，如果有剩的，就放凉第二天早上再吃。配菜这种东西，如果做汤的话夜

1　合：日本尺贯法中的体积单位，一升的十分之一。

里常常会起汗珠，所以我暂且不做。用猪油炸土豆、茄子，或是洋葱，是最不容易吃腻的。如果再在里面加点儿番茄、酱腌黄瓜，或是拌黄瓜，简直就是今世难求的珍馐了。我有时会收到东京来的朋友带的江户风味或是美国风味的食物，这种时候吃就变成一大乐事了。食物大概有这几类，诸如山本或山形屋出品的海苔、鲋佐或玉木屋出的佃煮，以及政府发放的罐头食品等。在这种荒山野岭却能吃到这样珍贵的食物，总让我感到莫名的惶恐。吃完饭后，大家一般会把食器用水煮一遍，吃过的食物如果有剩的就全部扔掉。

我很喜欢茶。早上起来，给地炉点上火，再烧上热水，之后的第一件事就是把茶放进去煮。有时如果能从别人那儿收到点抹茶，我就会用"点茶法"来沏茶。东北地区有种叫"八户"的便宜煎饼，配着茶吃正好。如果利休先生[1]也能吃到这种煎饼，一定会很高兴吧。在微风习习的早晨安静地品茶，简直是一天中最大的享受。有时我也能

---

1 利休先生：即千利休，安土桃山时代的茶人，千家派茶道的始祖。

收到宇治产的抹茶或是川根产的煎茶。

　　早晨的冷饭我一般搭配着黄瓜、番茄或是越瓜吃。有时自己也做点油炸蔬菜来下饭，只要是手边有的蔬菜，我都能用上。大部分香辛料是东京来的朋友带给我的，但我有时也用收获来的农作物自己做，比如赤苏、绿紫苏、辣椒、大蒜、韭菜、野姜、香芹等。山里长的木天蓼在果实还是绿色的时候也可以拿来做辣味的调料。生姜在东北地区很难培育，所以不怎么常用。午饭我一般不吃，如果有苹果就吃点儿苹果。最近，花卷镇上有位叫阿部博的先生（他是镇上首屈一指的苹果种植专家）给我送了点儿苹果，有名叫"祝"的青苹果和名叫"旭"的早熟红苹果，我正尝着鲜呢。如果运到东京那么远的地方去，苹果就很容易被磕坏，所以那边不怎么能吃到过熟的苹果。苹果汁液丰富，又带点酸味，很适合夏天吃。如果渴了，我就吃点西红柿，有时也会切西瓜来吃。西瓜是开发队里的熟人送我的。虽然这里的井水总是清澈而凉爽，但我只用它来漱口，并不会饮用。喝了井水以后，我马上就会汗流浃背。出汗多了，不仅容易疲劳，要洗的衣服也会增加。夏天洗衣服是挺凉快的，但也很花时间。有人会给我送"天鹅"牌的肥皂，这是战前用的，真让人怀念啊。

晚饭这一顿我尽量做油脂类的食物，也会摄取蛋白质。在山里很难见到鸡蛋，牛奶和羊奶更不好买，而夜里气温又要下降，我一般就只穿件贴身T恤，所以晚饭时会生火。开发队里有位卖豆腐的，每隔几天就给我送豆腐来，所以我做了许多含油的豆腐料理。夏天没法进村，大家家里都没有鲜肉和鱼，只能吃点儿鲱鱼干、海胆和其他干货，或是通过罐头食品来摄取蛋白质。夏天是不吃野菜的。虽然山里有许多蝮蛇，但我实在是下不去口。村里的人会把蝮蛇拿到镇上去卖，一条大约能卖两百日元，但是真是假我就不知道了。如果一条能卖两百日元的话，那我的小屋周围岂不是每天都有好几千日元？晚上吃完饭，再收拾收拾，差不多就到十点半了。这以后直到睡觉，我都一直在工作。

白天的时候来访者很多，我没法专心工作。访客中有正在放假的学生和教员，也不乏过来野餐，想在草地上做料理的人；有许久不见的友人从东京来；也有从花卷、盛冈或者其他地方，因为各种事由来访的。几乎每天都会有人过来，没人来的时候大概只有下雨天了吧。有一回，有人用自行车装着五瓶啤酒和冰块从花卷带来给我，那时正巧碰上友人从东京过来，于是我们就像从前一样，一边畅饮着啤酒，一边感受着那透心凉的快感，简直是人生一大乐事。

我夏天的时候总是非常虚弱，这并不是生病导致的，而是因为我的体质比较特殊。这种情况一到秋天立马就能好转。这和晕船的人一上岸就能马上恢复是一个道理。所以我无论在夏天的时候多么虚弱，也依然能保持镇定。到了九月末，掉落的栗子敲打我家屋顶的时候，天气渐渐转凉，我的健康状况也会迅速好转，食欲也恢复了。冬天的时候，我一顿饭大约就能吃掉一斤猪肉。我常常会留意合理的饮食和烹饪方法，虽然菜是自己做的，但我觉得应该比饭店吃到的营养价值更高，味道也更好。怎么说也是更健康的生活方式吧。为补充营养，我还会吃一些维生素药丸，但如果是没有明确标记生产日期的那种药，效果就不是很好了。

所有的精神活动都需要良好的生理状态做支撑，我的脑子在冬天肯定也比在夏天转得快。现在我就像泡着热水澡一般，只是静静地忍耐着，等待着山间的秋风带来下一个季节的音讯。

十二月十五日

　　今天，村长招待大家去他家吃荞麦面。这似乎也是村里妇人协会的例会，五六位妇女从白天起就在村长家集合，用各自带来的食材准备饭菜，又不停地把荞麦面从厨房端上饭桌，简直堪比"小碗荞麦面"[1]的待遇了。这面可能是用村长家田地里新收成的荞麦做的，香气扑鼻，也很是入味，真是太好吃了。这种面在东京是绝对吃不到的，就连葱花也与众不同。所有的食材都十分新鲜，一看就对身体很好。现在住在巴黎的高田博厚先生也很喜欢吃荞麦

1　小碗荞麦面：招待客人时，将小碗盛的荞麦面条不断地倒给客人，不让客人的碗空着。

面，我们以前常常一块儿吃。他吃荞麦面和葡萄的时候，简直可以说是用咽喉在吃，哧溜哧溜地一刻也不能停。今天吃到的这种是地道的荞麦面，面条比较长，虽说不能像以前在东京那样一边吃一边发出声响，但他们给我添了一碗又一碗，我还是吃得很满足。而且我连里面的猪肉都全部扫光了，今天的营养摄取已经完全达标了。县里的土木部长和河川课长也吃了很多，但他们今天必须回盛冈去，所以不久就告辞了。

妇女们也围着桌子，似乎吃得很香的样子。吃完饭后，她们津津有味地闲聊起来，我也参与其中。我们聊到日本的复兴要从生理上开始，又谈了谈诸如食物的肝肾、牛奶和乳制品、肝脏、脑髓、牛尾料理及其制作方法、孩子们的健康、睡眠时间、学校提供的餐饮等一系列跟食物有关的话题。我听她们描述了农村家庭生活的真实情况，她们也向我提出了诸如美与道德相关的问题。对于通俗的善恶观的浅薄之处，我也阐述了一些个人见解，并强调了表面上的善人是多么地无可救药。话题渐渐深入的时候，已经到了傍晚五点，天色渐沉。我们相约之后再一同吃饭，再谈谈文学和美术相关的内容，从而结束了今天的话题。聚集在这里的妇女们看起来都很健康，也不认生，给人一种温暖的感觉，与她们交谈非常愉快。村里的诊疗所长夫人也来了，她向姑娘们传授了池坊[1]的插花法。这位夫人也通晓乐理，钢琴弹得很好。太田村虽然是一个所谓的文化落后之地，但我反而觉得发展很有前景。这里的人们没有沾染上那种三心二意的轻浮风气，而是保持着生而为人最初的质朴。因而，对于他们之后的发展，我是很期待的。我坚信，只有在这样的土地上，才能滋生出真正厚重的、正统的，而非伪造的文化。

总体来说，这里的人们是很直率的，没有表里不一的情况。到别的地方去的时候展现出的言语和行为，也像是全然不知晓局外之事一般，有种天然的淳朴。无论何时何地遇到，他们都仍是我原来认识的样子。他们总将好心情全部展现在人前，且与身后的大自然共生，是真正的生活者。无论是重欲还是无欲，也都坦诚地展现出来，从不

1　池坊：日本花道流派之一，15世纪中叶由池坊专庆始创。

跟你绕弯子。这里虽然也跟外面的世界一样，每天都上演着悲剧和喜剧，但这些绝不是荒诞的纷争，而是无邪的感情流露。这里的人和关东地区差别很大。我以前从不知道这里住着这么多真诚且不会不懂装懂的人。我大概是积攒了许多机缘，才能在这僻静的村落安家，实在是人生之大幸。我以前住在东京驹达的画室时，也并没有多么喜欢那里。现在回想起来，我大概早已在内心深处滋生了这样的想法，总想着有一天要到一处风景优美的地方住下来。那时，我总梦想着要到人称"五十度文明"的北海道北部去，大概也是这个缘故吧。这样看来，即使是无意识地，人也总是在朝着自己想去的方向前进。虽然前进的步伐实际上是很缓慢的，但从结果来看，却是出人意料的迅速。

　　大伙儿目送着我从村长家告辞的时候，天已经黑了。但我准备了手电筒，所以没什么可担心的。今天的天气是半晴半阴，西风强劲而寒冷。我第一次穿上了冬天的外套，真是帮了大忙了。这件外套的布料是去年我从土泽的及川全三先生那儿拿的。今年春天，盛冈的深泽仁子小姐的父亲用这些布料给我做了件外套。长度刚刚好，穿着既舒适又保暖。深泽老先生在用缝纫机制衣方面，据说是无人可以与之匹敌的。尽管如此，他对衣服的一针一线仍是非常用心，做出来的衣服不容易开线，穿着也很是舒服。真正的集大成之物应是丰满的，而非贫寒的。我戴着防空头巾，穿着长筒胶靴，哗啦哗啦地蹚过长约四町的险路——与其说是险路，不如说是水路——回到了我的小屋。点上火，泡了澡，再沏上川杨茶以后，现在正写着这篇文章。用煤油灯那会儿，我是早睡早起的。自从去年开始用电灯以后，便时常写文章到凌晨两三点了。我每天大约睡七小时，这是健康生活法则的第一要义。明天似乎又是霜降天气。

积雪难融

这山里的积雪一时半会儿还融化不了，大概还得等上半个月左右。积雪的底层是冰碴（也有可能是浮冰），新降下的雪就松松软软地铺在那上面。我想要把上层的雪扫开，让坚冰露出来，以开辟一条通往小屋的路，但每次刚一扫好就又被大雪盖住了。这里每三天总有一天是下着雪的，今天也是大雪天气。现在的雪和十二月的有所不同，多少要大些。雪花既像是棉絮，又像是羽毛，轻盈地飞舞而下，成为冬天里一抹靓丽的风景。如果一直盯着这满天飞舞的雪花看，会感到些许眩晕。但即便如此，我也乐在其中，仿佛有种身体飘浮在宇宙中的感觉。戴上防空头巾，拿上除雪铲，在飞雪的洗礼中除雪，也是一大乐事。

轻盈的雪花飘落在树枝上、头巾上，比真正的鹅毛大雪更能让人感受到雪的真谛。尽管款冬的花茎和树上的嫩芽还没怎么探头，但春天的脚步似乎已渐渐近了。

[全文完]

附

录

- 高村光太郎小传
- 高村光太郎年谱

高村光太郎小传

高村光太郎是活跃于大正、昭和年代的雕刻家和诗人，被誉为日本现代艺术的奠基者之一。

他于一八八三年（明治十六年）出生于东京，是雕刻家高村光云的长子。高村光云是东京美术学校（今东京艺术大学）的教授，在当时颇具影响。东京上野公园内著名的西乡隆盛雕像就是高村光云的作品。正因父亲的影响，耳濡目染下，高村光太郎子承父业，走上雕刻家的道路。

高村光太郎十五岁时考取东京艺术学校预科，开始专业的艺术学习。此时的光太郎和父亲在艺术理念上产生巨大分歧，他认为光云并非真正的"艺术家"，而只是实践刻板教条的"工匠"。年轻的光太郎和父亲对抗，在毕业后选择了出国留学。

光太郎游学欧美的第一站是美国。一九〇六年，二十四岁的高村光太郎从横滨出港，乘远洋轮船来到纽约。年轻的艺术家从传统的束缚中获得前所未有的解放，畅游于博物馆、美术馆和图书馆，呼吸着充满艺术冲击和创作灵感的空气，一切充满新鲜。在那里他成为纽约艺术学校的特优生。

　　第二年六月，高村光太郎去往伦敦，沉浸于专业的艺术学习，之后又辗转来到巴黎。"我在巴黎第一次意识到了真正的雕塑，也对诗歌大开眼界。在那里，即便是底层的每个人，也都有着自己的文化见解。"他被巴黎迷住了，沉醉于这座城市的一切。"我仿佛可以翱翔于巴黎的蓝天"，"塞纳河是流动的鲜红血液"。他这样描述这里。

　　三年半的海外游历结束，高村光太郎在一九〇九年六月回到日本。此时的他已经成为彻底的反叛者，无论是就艺术创作还是个人性格而言都是如此。在"颓废艺术"的浪潮里，他一度丢失自我，过着迷醉的生活，直到遇见一位美丽的姑娘智惠子。"被她纯真的爱情清洗，我得以从以前的颓废生活中获救。"多年后高村光太郎这样回忆他们的初识。

智惠子是高村光太郎艺术生涯中的缪斯，同时她自己也是一位艺术家。相遇两年后二人结婚，度过了十余年的幸福生活。在此期间，高村光太郎出版了《道程》等诗集，成为日本新诗运动的重要人物，先后投身于白桦派和民众诗派的文学活动。同时高村光太郎没有放弃自己的本行，创作了一系列经典雕刻作品，在艺术界名声大振，成为唯美主义运动在日本的代表人物之一。

　　但好景不长，中年的智惠子出现了精神疾病的迹象，并逐渐恶化。一九三八年，智惠子被病魔夺去了生命。高村光太郎自此一蹶不振，失去了艺术创作的动力，大脑一片空白。迷惘中的他为日本侵略战争的狂热所感染，创作了一批歌颂非正义战争的诗歌作品，以此弥补空虚。

　　一九四五年，日本战败投降，高村光太郎受到巨大震撼，对自己过去的愚蠢做出深刻反省。他选择的赎罪方式是进行自我放逐，选择孤身一人来到日本东北部地区岩手县的山间，开始隐居生活。这部《山之四季》正是这七年时光的记录。

　　山居生活结束，经历了全身心洗礼的高村光太郎回到东京，重拾雕塑艺术，制定了宏大的创作计划，以智惠子的形象为灵感，在创作艺术作品的同时兼怀故人。但年老和肺结核疾病没有给这位满心踌躇的老人更多时间，一九五六年四月，高村光太郎在东京逝世，留下众多未完成作品。

高村光太郎的一生充满苦痛、颠沛流离，但绝不能称为"不幸"。因为他始终对生命中的一切保持欣赏和奉献：对一位女子持续四十年之久的爱情、对生命本身的热爱、对美和艺术的赞叹，所有这些都成为他的宝贵财富。经历苦痛时，把苦痛作为人格的磨炼，"美"也就在这个过程中自然产生。高村光太郎的苦痛，生就了他的自我，也让人懂得了终身奉献的难得。

这位诗人一生的最高杰作，就是他自己的人生。

* 本文据日本《向学新闻》2004年5月号所载高村光太郎传记及相关史料改编。

高村光太郎年谱

1883	明治十六年	出生。
1897	明治三十年	考入东京美术学校预科。
1902	明治三十五年	东京美术学校毕业。
1906	明治三十九年	赴美留学。
1907	明治四十年	到伦敦。
1908	明治四十一年	转往巴黎。
1909	明治四十二年	归国。
1914	大正三年	诗集《道程》出版。和智惠子结婚。
1934	昭和九年	智惠子疾病恶化。
1938	昭和十三年	智惠子去世。
1945	昭和二十年	二战结束，来到岩手县山间独居。
1956	昭和三十一年	去世。

* 本年谱据高村光太郎纪念网站中的年谱删减而成，网址http://www.hanamaki-takamura-kotaro.jp/bio.html。

［日］ **高村光太郎** （1883 - 1956）

号碎雨，日本诗人、雕刻家
毕业于东京美术学校，后赴欧美留学
归国后投身唯美主义艺术运动
是白桦派和民众诗派的重要成员
战后蛰居山间，写下《山之四季》

王珏

青年译者，毕业于北京大学日语系
现于北京大学深圳研究生院深造

山之四季

作者 _ [日] 高村光太郎　　译者 _ 王珏

产品经理 _ 陈悦桐　　装帧设计 _ 肖雯　　产品总监 _ 李佳婕

技术编辑 _ 顾逸飞　　责任印制 _ 梁拥军　　出品人 _ 许文婷

营销团队 _ 王维思

鸣谢

张馨予 钟蓉

果麦
www.guomai.cn

以 微 小 的 力 量 推 动 文 明

图书在版编目（CIP）数据

山之四季 /（日）高村光太郎著；王珏译. —2版
. —昆明：云南人民出版社，2023.7
ISBN 978-7-222-21960-1

Ⅰ.①山… Ⅱ.①高…②王… Ⅲ.①随笔－作品集
－日本－现代 Ⅳ.①I313.65

中国国家版本馆CIP数据核字（2023）第115711号

责任编辑：陈朝华
特约编辑：陈悦桐
责任校对：刘　娟
责任印制：马文杰

《山之四季》

[日]高村光太郎 著　王珏 译

出　版　云南出版集团　云南人民出版社
发　行　云南人民出版社
社　址　昆明市环城西路609号
邮　编　650034
网　址　www.ynpph.com.cn
E-mail　ynrms@sina.com
开　本　787mm×1092mm　1/32
印　张　3.75
字　数　54千
版　次　2023年7月第1版　2023年7月第1次印刷
印　数　1-6,000
印　刷　河北鹏润印刷有限公司
书　号　ISBN 978-7-222-21960-1
定　价　32.00元